诗话雅书

二十四诗品

中国美学史上的杰作
二十四种风格
二十四美景

唯美插画版

[唐]司空图　著
闵泽平　注评

长江出版传媒
崇文書局

图书在版编目（CIP）数据

二十四诗品 /（唐）司空图著 ；闵泽平注评．-- 武汉 ：崇文书局，2018.2（2021.8 重印）
（诗话雅书）
ISBN 978-7-5403-4831-1

Ⅰ．①二… Ⅱ．①司… ②闵… Ⅲ．①古典诗歌－诗歌理论－中国②《二十四诗品》－注释 Ⅳ．① I207.22

中国版本图书馆 CIP 数据核字（2018）第 015113 号

二十四诗品

责任编辑　程　欣
出版发行　长江出版传媒 | 崇文书局
地　　址　武汉市雄楚大街 268 号 C 座 11 层
电　　话　(027)87293001　邮政编码　430070
印　　刷　湖北画中画印刷有限公司
开　　本　880mm×1120mm　1/32
印　　张　6
字　　数　140 千
版　　次　2018 年 2 月第 1 版
印　　次　2021 年 8 月第 3 次印刷
定　　价　32.80 元

（如发现印装质量问题，影响阅读，请与承印厂调换）

前　言

《二十四诗品》，一般认为是晚唐著名文人司空图所写。司空图（837—908），字表圣，一生历经八位皇帝，几乎与晚唐相始终。他祖籍安徽泗水，其父致仕后，退居中条山，并在王官谷修筑了别墅。司空氏这一支是否因此而落户河中虞乡，我们尚不得而知，不过司空图以虞乡人自居则是显而易见的事实了，经常出现在他诗中的所谓“故乡”“乡关”，如“自怪扶持七十身，归来又见故乡春”（《乙丑人日》）、“乡广不是无华表，自为多惊独上迟”（《自河西归山二首之一》）等，已经明确地认“虞乡”为故乡了。当然，与他的命运更息息相关的还是位于工官谷瀑布之下的这幢“别墅”，究竟留下诗人多少美好回忆，或者承载多少情怀与寄托，是我们所无法一一缕述的。看看他文集中无法抑制的那些自得自乐之情绪，我们就很容易体察到这一点，简单地以他“生于斯，长于斯，死于斯”，或仅仅将其作为他童稚的天真、青春的苦闷与耄耋的绝望的见证，还不足以显示出它之于司空图的重要性。

从王官谷学成下山的司空图，拜谒同州刺史王凝并得到了后者的赏识，诗人的前半生仕途也就与王凝紧紧地捆绑在一起了。孙光宪的《北梦琐言》告诉我们，王凝之所以赏识司空图，源于诗人的专注与淳朴——司空图从“乡下别墅”进城而来，如果先拜访刺史大人，就不会再去探望城中的亲朋好友；如果先去探望城中的亲朋好友，就决不会再去拜谒刺史大人。这种专一的为人处世态度深深地打动了王凝，后来王凝回到京城主持贡举，不仅录取了司空图，还给了他一个令人惊讶的好名次——第四名。司空图一度名落孙山，他的《榜下》诗“三十功名志未申，初将文字竞通津。春风漫折一枝桂，烟阁英雄笑杀人”就极其生动地描述了前次落第后无限酸楚的情绪。这次骤然获得高名，固然令他惊喜，却更令看重声望的时人诧异，所以一时物议沸腾，籍籍无名的司空图一度被讥讽为“司徒空”。就在司空图难堪的时刻，又是王凝挺身而出，为其排解压力。王凝将那一榜所录取的考生，全部招来喝酒，在筵席上当众宣布：“某叨忝文柄，今年榜贴，全为司空先辈一人而已。”座师这样用力揄扬，同年自是无不拜伏。

司空图也没有辜负王凝的赏识提携之恩。其后桀骜不驯的王凝，因大力提拔司空图这样的寒俊，置权贵的请托于不顾，被贬为商州刺史，司空图毅然随同前往，以幕僚身份追随于穷山恶水之间。《新唐书》还记载说，王凝任职宣歙观察使的时候，以司空图为座上客；恰在此时，朝廷也注意到了司空图，征召其为殿中侍御史。此时此刻，司空图没有犹豫，毅然陪伴在王凝身边，直到王凝走完人生最后的历程，他才离开宣州前往洛阳赴任。司空图有诗《顷年陪恩地赴甘棠之召感动留题》记录了他黯然离去的心绪："去时憔悴青衿在，归路凄凉绛帐空。无限酬恩心未展，又将孤剑别从公。"

如果说王凝是司空图求学路上的导师，那么卢携就是司空图仕路上的导师。乾符六年（874），从宰相职位退居下来的卢携，亲自到司空图家中探访，并在他家墙壁上留诗一首："姓氏司空贵，官班御史卑。老夫如且在，不用念屯奇。"第二年，卢携路过陕虢，又对红叶题诗的男主角——时任陕府观察使的卢渥反复叮嘱："司空御史，高士也，公其厚之。"等到卢携重新回到宰相的位置，他马上将司空图召为礼部员外郎，随即升其为礼部郎中。遗憾的是好景不长，黄巢在一年后攻入长安，卢携服药自尽，司空图被围困于长安，只是在已经加入黄巢义军的旧仆段章的帮助下，才侥幸躲过了那场令人心悸的大屠杀，辗转回到家乡。

司空图在王官谷蛰伏了四年，直到黄巢兵败狼虎谷被杀。唐僖宗从蜀地返回凤翔，司空图立即被拜为中书舍人——此时的司空图已经是众望所归了。不过大唐早已病入膏肓，在一次又一次的闹剧之后，司空图发现连回光返照的幻境都无法等到，于是又一次"偷归"返乡了。他在《丁未岁归王官谷有作》中写道："家山牢落战尘西，匹马偷归路已迷。冢上卷旗人簇立，花边移寨鸟惊啼。本来薄俗轻文字，却致中原动鼓鼙。将取一壶闲日月，长歌深入武陵溪。"他对时政彻底失望了，下定决心做一个不问世事的乡绅。新君唐昭宗即位，他一度应景前往，不久即称病归来，哪怕朝廷先后征召为谏议大夫、户部侍郎、兵部侍郎，他都没有过多的留恋。他这种决绝的态度甚至刺激到了一些热衷仕途之人，几乎为他招致杀身之祸。柳璨即有《敬黜司空图李敬义奏》："近年浮薄相扇，趋竞成风，乃有卧邀轩冕，视王爵如土梗者。司空图、李敬义三度除官，养望不至，咸宜屏黜，以劝事君者。"

其实司空图心里并不平静，《旧唐书》本传说他勘破了生死，早早准备好了圹穴，还经常请朋友到他所选定的墓地去饮酒赋诗："（司空）图既脱柳璨之祸还山，乃预为寿藏终制。故人来者，引之圹中，赋诗对酌，人或难色，图规之曰：达人大观，幽显一致，非止暂游中，公何不广哉！"但从他在七十岁年所写的诗《修史亭三首》中，我们不难看到他的梗概磊落之气："山前邻叟去纷纷，独强衰羸爱杜门。渐觉一家看冷落，地炉生火自温存。""甘心七十且酣歌，自算平生幸已多。不似香山白居士，晚将心地著禅魔。""乌纱巾上是青天，检束酬知四十年。谁料平生臂鹰手，挑灯自送佛前钱。"曾经踌躇满志，如今落得礼佛读经消磨一生，心中自是不平。也是在这一年，他还告诫自己不要把淤积的不平之气倾注在诗中——"诗中有虑犹须戒，莫向诗中著不平"（《白菊三首》之二）。也正因为他时时刻刻牵挂着政局，所以在得到大唐最后一位皇帝被弑的消息后，他就绝食而卒了。大唐日薄西山之时，他退居王官谷，曾自号"耐辱居士"，并作歌自我麻醉："咄，诺，休休休，莫莫莫，伎两虽多性灵恶，赖是长教闲处著。休休休，莫莫莫，一局棋，一炉药，天意时情可料度。白日偏催快活人，黄金难买堪骑鹤。若曰尔何能，答言耐辱莫。”而这一刻，他终于觉得自己无法苟活下去了，于是效法先贤伯夷、叔齐而去。

在相当长时期内，司空图是因他的“卓行”而活在人们心中，但宋代大文豪苏东坡独具慧眼，注意到了司空图在文学思想方面的独创性。什么样的诗才算得上真正的好诗呢？苏轼曾以书法为喻，指出平淡中富有深远之意，才算得上佳品。在《书黄子思诗集后》，苏轼总结说：

> 予尝论书，以谓钟、王之迹萧散简远，妙在笔画之外。至唐颜、柳始集古今笔法而尽发之，极书之变，天下翕然以为宗师，而钟、王之法益微。
>
> 至于诗亦然。苏、李之天成，曹、刘之自得，陶、谢之超然，盖亦至矣。而李太白、杜子美以英玮绝世之姿，凌跨百代，古今诗人尽废，然魏晋以来，高风绝尘，亦少衰矣。李、杜之后，诗人继作，虽间有远韵，而才不逮意，独韦应物、柳宗元发纤秾于古简，寄至味于淡泊，非余子所及也。唐末司空图，崎岖兵乱之间，而诗文高雅，犹有承平之遗风。其诗论曰：“梅止于酸，盐止于咸，饮食不可无盐梅，而其美常在咸酸之外。”盖自列其诗之有得于文字之表者二十四韵，恨当时不识其妙，予三复其言而悲之。

苏轼对司空图“自列其诗之有得于文字之表者二十四韵”赞赏不已，这二十四韵究竟是什么呢？元明以来，众多学者认为这里所说的二十四韵就是《二十四诗品》。到了20世纪80年代，有学者注意到司空图的文学理念与《二十四诗品》所展示出的诗学观并不完全吻合，于是他们提出质疑，认为司空图并非《二十四诗品》的著者。当然，《二十四诗品》究竟是司空图所作，还是明人所伪造，这对我们欣赏和喜爱这部充满诗意的诗话经典并不会造成太大的困扰。

是书《二十四诗品》原文，以人民文学出版社1963年10月版郭绍虞《诗品集解》为依据。

闵泽平

2018年2月

目　录

雄　浑

大用外腓，真体内充。①

返虚入浑，积健为雄。②

具备万物，横绝太空。③

荒荒油云，寥寥长风。④

超以象外，得其环中。⑤

持之匪强，来之无穷。⑥

注释

① 体、用：中国古代哲学的一对范畴，一般认为“体”是根本性的，“用”是外在的展现形式。腓（féi），原意是胫骨后的肉。这两句话意思是，只有诗人的内在修养充实了，才具有郁勃奋发的巨大力量；好比骨骼强壮了，依附着肌肉才健美有力。

② 虚：太虚；浑，混沌。二者均用来形容天地的原初状态。健，刚强。《易·乾》：“天行健，君子以自强不息。”这两句是说，不断积累内在的强健之力，直到养成浑厚之气，进入与天地同体的状态。

③ 具备：拥有，包罗。万物，所有的事物及其种种变化。横绝，横跨。太空，整个世界。这两句说，这雄浑之气，海涵地负，无所不有，无所不在。

④ 荒荒：苍茫寥廓的样子。油，油然，自然而然。《孟

子·梁惠王上》："天油然而云，沛然下雨。"赵岐注："油然，云兴之貌。"寥寥，深邃空阔的样子。长风，大风，《宋书·宗悫传》："愿乘长风破万里浪。"这两句是说雄浑的意境是强健有力而浑然一体，含而不露，如苍茫天空中舒卷的云彩，又如辽阔宇宙中鼓荡的长风。

⑤ 超：超越，跨过。象外，现象之外。环中，圆环的中心，比喻空虚而无是非的境界。《庄子·齐物论》："彼是莫得其偶，谓之道枢，枢始得其环中，以应无穷。"枢，门上的转轴。这两句说，雄浑的意境，要到具体的物象之外去寻找，它把握了事物的最本质特征。

⑥ 强：勉强，强迫。这两句是说，雄浑的意境，积累到一定程度就会自然而然生成，而且浑灏之气会源源不断地来临。

品读

雄浑居二十四种诗风之首，应该是当之无愧。大凡具有雄浑之气的诗篇，往往就是第一流的佳作；而能够写出雄浑之作的诗人，也必定是天底下第一等的文人。韩愈被苏轼赞许为"文起八代之衰"，重新让古文散发出了耀眼的光彩，他把雄健的文风灌注到诗歌创作之中，把诗写得气势壮阔，但人们依然只称赞他诗风雄伟而不是雄浑。这其中的差别，宋人叶梦得曾经在《石林诗话》中讨论过，他认为"韩退之笔力最为杰出，然每苦意与语俱尽，……（其诗）非不壮也，然意亦尽于此矣"。也就是说，韩愈有些诗写得过于直白，把意思说得太透，没有留下回味的余地，所以不够雄浑。

叶梦得的说法，其实还是没有搔到痒处。古往今来，余味无穷的诗篇不胜枚举，却很少给人雄浑的体验，因为雄浑的核心不在于余味无穷，还是在于气势。韩愈的诗风有雄伟之风而不能称之为雄浑，主要还是气势不够，缺乏这里所说的“具备万物，横绝太空”的睥睨天下之气。雄浑的诗篇，必须气势非凡，境界阔大。最简单或最直接的检验标准，就是诗歌中经常出现那些“天地”“古今”“万物”“星野”“大江”等词语。唐代诗人中，杜甫的雄伟之气最为突出，他诗歌中的这类意象也最为醒目，如其中俯拾皆是的“万”字：“君不闻汉家山东二百州，千村万落生荆杞。”（《兵车行》）“烽火连三月，家书抵万金。”（《春望》）“忆昔霓旌下南苑，苑中万物生颜色。”（《哀江头》）“大城铁不如，小城万丈余”“艰难奋长戟，万古用一夫”“哀怨桃林战，百万化为鱼。”（《潼关吏》）“千秋万岁名，寂寞身后事。”（《梦李白二首》）“斯须九重真龙出，一洗万古凡马空。”（《丹青引赠曹将军霸》）等。

杜甫之所以喜欢这些意象阔大的词语，显然是因为这些语词能够涵盖更为丰富的情感，如陆机在《文赋》中所说，能“笼天地于形内，挫万物于笔端”，也就是司空图在这里所说的“超以象外，得其环中”。因为万象森罗，浩瀚无涯，所有的情怀都可以在这里找到寄托；因为不偏于一隅，不执于一端，“得其环中”，所以不会留下任何的破绽，可以“应之无穷”。人们每每将司空图所说的“超以象外”，理解为隐藏所要表达的物象，而以其他的物象来暗示，其实是一种误解。当然，一味追求地负海涵、包罗万汇，也未必就是雄浑。夏敬观《说杜》中毫不客气地指出："古大家诗，皆各有其习见语，即是诗病，学者应知之。杜诗喜用天地、乾坤、宇宙、万里、百年、风尘、甲兵干戈、戎马、战伐、盗贼、丧乱等字。"唐代另一位以诗风雄浑著称的天才诗人李白，也不能免此种弊病。一个非常重要的原因，在于这些意象的出现，有时会出现生硬之嫌，斧凿之痕。

北朝民歌《敕勒川》云："敕勒川，阴山下。天似穹庐，笼盖四野。天苍苍，野茫茫，风吹草低见牛羊。"金人元好问在《论诗绝句》中称赞说："慷慨歌谣绝不传，穹庐一曲本天然。中州万古英雄气，也倒阴山敕勒川。"这首北朝民歌不仅充溢着慷慨英雄之气，更因为这种气势来得极其自然，恢恢广广，昭昭荡荡，浑然而起，浑然而灭，这正是对司空图"荒荒油云，寥寥长风"的绝妙注解，与英国美学家博克所言"美必须不是朦胧模糊的，而伟大的东西则必须是阴暗朦胧的"（《关于崇高与美的观念的根源的哲学探讨》），可谓殊途同归。总之，胸藏万古风云，笔含千钧之势，还必须兴会淋漓，方能写出雄浑的诗篇。

董棨在《养素居画学钩深》中说："画固所以象形，然不可求之于形象之中，而当求之于形象之外。"观者读诗赏画，固然当求言之意、象外之象，而作者赋诗作画，更必须胸中先有所蕴积，然后见之诗文画图。更重要的是，在作品中直接显现出来的情怀，往往只是作者胸中所蕴积之极小部分，亦即“冰山之一角”。作家与作品的关系，就是“体”与“用”的关系。要想诗篇雄浑，作者必须先具有阔大的胸襟，只有“真体内充”，才能“大用外腓”。如何才能使自己“真体内充”而元气磅礴呢？司空图所指出的途径是学与养。只有把那种刚健中正之气不断积累，使自己通体浑厚，以达到无所不在、无所不有而有无施不可的程度，才算得上“返虚入浑”，委运任化，倏然往来，进入自由状态。

示例

大风歌

刘　邦

大风起兮云飞扬，
威加海内兮归故乡，
安得猛士兮守四方。

言为心声，诗风的雄浑来源于诗人胸襟的开阔。大凡具有英雄情怀的诗人，最易写出雄浑的诗篇。公元前196年，刘邦在他称帝后的第七年，也是他在位的最后一年，率领部队击败淮南王黥布，回京途中路过故乡沛（今江苏沛县），招集亲朋好友宴饮，酒酣耳热之际，击筑高歌，即兴创作了这首《大风歌》。这首《大风歌》极其简单，但读来慷慨淋漓，气势恢宏，就在于充分展示出了刘邦的豪迈气概。孙联奎《诗品臆说》中说：“高祖为人，气象近于雄浑，故其诗雄浑。”刘邦在风起云涌、群雄并起之际，转战十四年，终于定鼎天下，雄踞四海，此时此刻威风凛凛地回到家乡，享受无上的尊荣，自然是志得意满。

第一句“大风起兮云飞扬”，非常巧妙地烘托出了风云变幻的时代氛围。唐代的李善曾解释说：“风起云飞，以喻群雄竞逐，而天下乱也。”天下大乱，对于世人而言，这是一个痛苦的时代，但对刘邦这样的豪杰而言，却是充满机遇的时代。刘邦抓住良机，挺进咸阳，逼降子婴，打败项藉，诛杀韩信，最终一统天下，意气风发，衣锦还乡，确实算得上“威加海内兮归故乡”。前两句是回顾故乡，最后一句是展望未来，希望他历经艰辛打下的江山能够很好地传承下去，这是一个王朝缔造者最常见的意愿。

一些读者根据《史记·高祖本纪》中的描述，即刘邦唱完这首诗后“慷慨伤怀，泣数行下”，认为诗歌具有悲凉的情怀，甚至以为“安得猛士兮守四方”一句是在后悔杀掉韩信、彭越等人。事实上，韩信等人可以随他征讨天下，未必能替他“守四方”。所谓慷慨而泣，应该是登上人生巅峰之后回顾往昔峥嵘岁月，不免感慨良多。唐人林宽写有七绝《歌风台》：“蒿棘空存百尺基，酒酣曾唱大风词。莫言马上得天下，自古英雄尽解诗。”那些英雄豪杰，虽然无意于咏诗作赋，但把他们心中的慷慨之气抒发出来，自然就写出了气象雄浑的好诗。如曹操自诩“设使天下无有孤，不知当有几人称帝，几人称王”（《述志令》），他的《观沧海》就写出了他的英雄本色。

宋 · 陈居中（传）《胡骑春猎图》

超以象外，得其环中。持之匪强，来之无穷。
具备万物，横绝太空。荒荒油云，寥寥长风。
大用外腓，真体内充。返虚入浑，积健为雄。

雄浑

冲　淡

素处以默，妙机其微。①

饮之太和，独鹤与飞。②

犹之惠风，荏苒在衣。③

阅音修篁，美曰载归。④

遇之匪深，即之愈希。⑤

脱有形似，握手已违。⑥

注释

① 素：平素，往常。机，天机，自然。《庄子·至乐》："万物皆出于几，皆入于几。"一说，同"几"，细微的变化。这两句是说，日常生活保持心情淡泊，才能洞察到一切微妙的变化。

② 太和：阴阳会合，冲和之气。《老子》四十二章："万物负阴以抱阳，冲气以为和。"这两句是说，饱含天地冲和之气的感觉，就如同与仙鹤齐飞一般。

③ 惠风：和风。王羲之《兰亭集序》："天朗气清，惠风和畅。"荏苒，柔弱，轻微的样子。这两句是说，冲淡的体验，仿佛就是骀荡的春风，拂动衣襟时轻松舒畅。

④ 阅音：欣赏音乐。修篁，细长的竹子。载归，同载与归。一说，载为语气词。这两句说，翠竹修叶的清音流响，使人心神摇荡，产生与之俱归的愿望。

⑤ 匪：同“非”。即，往，求。《诗经·卫风·氓》：“匪来贸丝，来即我谋。”希，少。这两句是说，冲淡的境界与人的心态阅历有关，如果不是自然形成，越是想有意地去追求它，越可能离它越远。

⑥ 脱：倘若。形似，外形相似。握手，一握手之间，比喻时间很短。违，离开。这两句是说，如果只是追求形似，这种境界很快就会离你而去。

品读

司空图虽然将“雄浑”一格至于首位，但他个人最欣赏的还是“冲淡”的诗风。在《与王驾评诗书》中，他曾对唐代诗歌发展的历史进行了梳理，李白、杜甫之外诸诗人，他多有微辞，唯独对王维与韦应物赞赏不已：“国初，主上好文雅，风流特盛。沈（沈佺期）、宋（宋之问）始兴之后，杰出于江宁（王昌龄），宏肆于李（李白）、杜（杜甫），极矣。左丞（王维）、苏州（韦应物），趣味澄敻，若清风之出岫。大历十数公，抑又其次焉。元（元稹）、白（白居易）力勍而气孱，乃都市豪估耳。刘公梦得（刘禹锡）、杨公巨源，亦各有胜会。阆仙（贾岛）、东（孟郊）野、刘得仁辈，时得佳致，亦足涤烦。厥后所闻，逾褊浅矣。”

司空图为什么对王维、韦应物推崇备至，而对贾岛、白居易等人颇有微辞呢？就在于后者是偏至，或咸或酸，没有中和之美。《汉书·扬雄传》中说：“大味必淡，大音必希。”王充《论衡·自纪》也说：“大羹必有淡味，至宝必有瑕秽。”王维与韦应物等人之诗，正如大羹而有大味，所以令司空图称道不已。钱钟书《谈艺录》有一段发人深省的话："唐诗、宋诗，亦非仅朝代之别，乃体格性分之殊，天下有两种人，斯分两种诗。唐诗多以丰神情韵擅长，宋诗多以筋骨思理见胜。"司空图虽然生活在唐末，他的审美趣味却更接近于宋调。梅尧臣《读邵不疑学士诗卷》有云："作诗无古今，惟造平淡难。"葛立方《韵语阳秋》也说："大抵欲造语平淡，当自组丽中来，落其华芬，然后可造平淡之境。"他们和苏轼一样，都认为淡泊才能含有至醇至美。

如何才能进入淡泊的状态呢？司空图指出，只有无思无虑，无知无欲，静观玄览，虚以待物，方能体察入微，洞悉天机，久而与之俱化，即"素处以默，妙机其微。饮之太和，独鹤与飞"。不过，冲淡虽然强调淡泊处世强调"致虚极，守静笃"，强调澄心凝思，贵在虚静，却并不主张心如死灰，全无生机，否则就是枯淡。冲淡确实要求虚与静，但虚、静只是手段而不是目的，因为只有在虚与静的状态下才能探幽烛微，才能把纷繁的世界看得清清楚楚、明明白白。"万物无足以铙心者，故静也。水静则明烛须眉，……水静犹明，而况精神！圣人之心精乎！天地之鉴，万物之镜也。"（《庄子·天道》）"人何以知道？曰心。心何以知道？曰虚一而静。"（《荀子·解蔽》）静是为了心清，是为了能够闻到清香。

总之，这种胸怀与境界，要来自对人生的洞察与对世事的体悟。只有有了足够的人生感受与生活体验，才有可能触摸到它。而一旦打破生活的壁垒，不执着，不疏离，天机自合，就可能写出这种古澹闲远的诗篇。沈约在《宋书·谢灵运传论》中说："至于高言妙句，音韵天成，皆暗与理和，匪由思至。"所谓天成，并非天意，而是指诗的创作灵感来自生活而不是苦思冥想。他们反复强调即目、直寻，主张自然描绘，就是希望诗人将眼光驻留于人世，否则就只能写出形似而神不似的作品。《韵语阳秋》中说："陶潜、谢朓诗皆平淡有思致，非后来诗人怵心刿目雕琢者所为也……大抵欲造平淡，当自组丽中来，落其华芬，然后可造平淡之境。如此，则陶、谢不足进矣。今之人多作拙、易语而自以为平淡，识者未尝不绝倒也。……平淡而到天然处，则善矣。"平淡，不是流于表面的平易，也不可能精雕细琢而成，而是一种自然而然的状态。

示例

归园田居·其一

陶渊明

少无适俗韵，性本爱丘山。
误落尘网中，一去三十年。
羁鸟恋旧林，池鱼思故渊。
开荒南野际，守拙归园田。
方宅十余亩，草屋八九间。
榆柳荫后檐，桃李罗堂前。
暧暧远人村，依依墟里烟。
狗吠深巷中，鸡鸣桑树颠。

户庭无尘杂，虚室有余闲。
久在樊笼里，复得返自然。

历代诗人之中，陶渊明的诗歌最为冲淡平和。那么诗人这一诗风是如何形成的呢？黄震《张史院诗跋》说："陶渊明无志于世，其寄于世也，悠然而澹。"在这首诗开篇，陶渊明自己也直接表明了这一点。他说自己从小不喜欢社会上那些应酬钻营的把戏，只是喜爱淳朴的田园生活，但作为官宦子弟，又不得不步入官场以养家糊口，就这样感觉在一张大网中挣扎了十三年。这里的"一去三十年"，应该是"一去十三年"，陶渊明从二十九岁出任州祭酒，到他四十一岁从彭泽令挂印而归，正好是十三年。虽然这十三年来他一直奔波在官场，可内心里总是牵挂着乡土，如同笼中的鸟儿惦记着飞回旧日的山林，如池塘里的鱼儿盼望着回到从前生活的深潭。而他陶渊明真正回到田园之中的时候，他觉得自己好比是长久困在笼中的飞鸟，终于获得了自由，能任意在蓝天翱翔。回到田园中的诗人，顿时如释重负。他亲自开垦荒地，建造几间草屋自己住着，屋后种植着榆树、柳树，屋前的院子里满是桃花、李花。远处炊烟升起，邻居依稀可见，近处偶尔传来鸡鸣狗吠。这里的生活是俭朴的，或许还颇为艰苦，但诗人的身心是轻松愉悦的。

陶渊明在叙述他对官场生活厌恶、对躬耕田园的喜爱，以及描绘乡村的幽静时，总是用最简单、最平常的字词来描述，没有刻意地雕琢与修饰，似乎是从日常生活中信手拈来，但读起来却是意味深长，这是最让人叹为观止的地方，“陶渊明诗所不可及者，冲淡深粹，出于自然。若曾用力学，然后知渊明诗非着力之所能成”（杨时《龟山先生语录》）。当然，陶渊明冲淡诗风的形成，终究还是由他心境的恬淡所造成的。“陶渊明穷而至于乞食，其视乐天（白居易）富贵声色之乐，岂可同年而语？然渊明陶然自得，未尝数数留意于外物，盖真实有得于心者，与徒事虚言者不同”（陈模《怀古录》）。事实上，司空图这里所描写的“冲淡”，还是不及陶渊明诗中所展示出来的“冲淡”。“阅音修篁，美曰载归”所表现的是文人旁观的雅趣，终究不同于“种豆南山下”的洒脱。

南宋 · 李安忠《山水图》

冲淡

素处以默，妙机其微。饮之太和，独鹤与飞。

犹之惠风，苒苒在衣。阅音修篁，美曰载归。

遇之匪深，即之愈希。脱有形似，握手已违。

纤 秾

采采流水，蓬蓬远春。①
窈窕深谷，时见美人。②
碧桃满树，风日水滨。③
柳阴路曲，流莺比邻。④
乘之愈往，识之愈真。⑤
如将不尽，与古为新。⑥

注释

① 采采：鲜明、浏亮的样子。《诗经·曹风·蜉蝣》："蜉蝣之翼，采采衣服。"蓬蓬：茂盛的样子。《诗经·小雅·采菽》："维柞之枝，其叶蓬蓬。"远春，春光无远不至，触目皆在。这两句描摹生机勃勃的春景，溪水潺潺，晶莹闪烁，极目远望，绿色满眼。

② 窈窕：幽深的样子。陶渊明《归去来兮辞》："既窈窕以寻壑，亦崎岖而终丘。"这两句是说，幽静的深谷，艳丽的美人翩翩而至，绰约的风姿与春景相映生辉。

③ 碧桃：当兼指桃树花与叶。《诗经·周南·桃夭》："桃之夭夭，灼灼其华。"高蟾《下第后上永崇高侍郎》："天上碧桃和露种，日边红杏倚云栽。"风日，风光。王维《汉江临眺》："襄阳好风日，留醉与山翁。"这两句依然绘春景，和风拂面，暖日融融，水边盛开的桃花，灿烂如漫

天彩霞，倒影荡漾在碧波之上。

④ 流莺：四处飞翔鸣唱的黄莺。张乔《送友人往宜春》："远道空归去，流莺独自闻。"这两句说，向远处延伸的蜿蜒小路，几乎为两旁连绵的柳条所遮蔽；树上时时有流莺飞集，卖弄它们婉转的歌喉。

⑤ 乘：趁，因，《列子·黄帝》："竟不知风乘我邪，我乘风邪？"愈往，越深入。这两句说，对它的了解越深入，认识也就越深刻。

⑥ 将：将要。一说，带领。不尽，没有穷尽。这两句说，这种美好的意境是无穷无尽的，只要细心体味就会有新的感受，哪怕是前人写过的题材，也可以再创造出新的诗境。

品读

"纤秾"究竟是怎样的一种风格？纤是纤细，《汉书·马皇后纪》："母子慈爱，诗中无纤介之间。"在审美状态下，它又多指小巧而脆弱，司马相如《上林赋》："柔桡轻曼，妩媚纤弱。"秾本意为花木繁盛的样子，可以引申为浓艳与丰硕，前者如李白《清平调》："一枝秾艳露凝香，云雨巫山枉断肠。"后者如宋玉《神女赋》："秾不短，纤不长。"当纤秾组合在一起的时候，有人认为实则偏重于纤，所形容的是一种相对细巧的艺术境界，也有人认为侧重于秾，洋溢的是浓艳的氛围。孙联奎《诗品臆说》云："纤，细微；秾，秾郁。细微，意到；秾郁，辞到。"他看起来是将两个词分开来解读，表面上说作家心思尽量要细密而语词尽量要流丽，实际上仍然强调纤秾就是浓艳。在解释"流莺比邻"一句时，他描绘了自己的亲身经历："余尝观群莺会矣：黄鹂集树，或坐鸣，或流语，珠吭千串，百梭竞掷，俨然观织锦而听广乐也。因而悟'纤秾'一品。"

事实上，在对纤秾风格的描述中，我们所看到的更多是对声色之美的关注，其中尤其醒目的是对灿烂春光的摹写，如杜甫《江畔独步寻花七绝句》有云："黄师塔前江水东，春光懒困倚微风。桃花一簇开无主，可爱深红爱浅红？""黄四娘家花满蹊，千朵万朵压枝低。留连戏蝶时时舞，自在娇莺恰恰啼。"又如白居易《钱塘湖春行》："孤山寺北贾亭西，水面初平云脚低。几处早莺争暖树，谁家新燕啄春泥。乱花渐欲迷人眼，浅草才能没马蹄。最爱湖东行不足，绿杨阴里白沙堤。"金圣叹评点白诗说："前解先写湖上。横开则为寺北亭西，竖展则为低云平水，浓点则为早莺新燕，轻烘则为暖树春泥。写湖上，真如天开图画也。后解方写春行。花迷，草没，如以戥子称量此日春光之浅深也。"上述诗篇所描绘的意境，与司空图"碧桃满树，风日水滨。柳阴路曲，流莺比邻"所烘托的诗意，有异曲同工之妙。

总之，纤秾应该是生机勃勃、生意流动的，必须给人以强烈的视觉冲击。当然，这种令人留恋的声、色之美不仅存在于自然界中，也展示社会生活中。那些设色炫丽、情思浓密的诗篇，也会把纤秾之境刻画到极致。如李贺《大堤曲》："妾家住横塘，红沙满桂香。青云教绾头上髻，明月与作耳边珰。莲风起，江畔春；人堤上，留北人。郎食鲤鱼尾，妾食猩猩唇。莫指襄阳道，绿浦归帆少。今日菖蒲花，明朝枫树老。”诗中写横塘少女，身着红纱衣，头挽青云髻，耳悬明月珰，在桂花飘香的季节，站在亭亭玉立的荷叶边，满脸盎然的春意，挽留着即将北归的情人，在一起的日子是多么美好，似食鲤鱼尾与猩猩唇那样令人难忘。靓丽的青春与炽热的爱情，尽情展示在秾丽鲜艳的背景之下。

示例

晚登三山还望京邑

谢　朓

灞涘望长安，河阳视京县。
白日丽飞甍，参差皆可见。
余霞散成绮，澄江静如练。
喧鸟覆春洲，杂英满芳甸。
去矣方滞淫，怀哉罢欢宴。
佳期怅何许，泪下如流霰。
有情知望乡，谁能鬒不变。

这首诗是南朝诗人谢朓的代表作。齐明帝建武二年（495），谢朓出任宣城（今属安徽）太守，在他离开途径建康（今南京）之际，从一旁的高山上回头眺望，心有所感，写下了此诗。诗人把他的宦游思归之情一并融入山光水色之中，写得极为浓艳，诗中写明丽日光下皇宫的壮丽，灿烂晚霞里江水的清澈，群鸟喧嚷时小岛的生趣，繁花盛开中郊野的绚丽，都我们留下了深刻的印象。值得注意的是，秾丽鲜艳并非就是纤秾。无名氏《皋兰课业诗品解》解释“纤秾”说：“此言纤秀秾华，仍有真骨，乃非俗艳。”如果不是以真挚的情感为基础，一味雕章琢句，堆砌辞采，而内容空洞，就会骨力卑下，陷入靡丽俗艳。如萧纲《和湘东王名士悦倾城》“美人称绝世，丽色譬花丛。经居李城北，住在宋家东。教歌公主第，学舞汉成宫。多游淇水上，好在凤楼中。履高疑上砌，裾开特畏风。衫轻见跳脱，珠概杂青蚕。垂丝绕帷幔，落日度房栊。妆窗隔柳色，井水照桃红。非怜江浦佩，羞使春闺空。”以秾艳的笔调把美女及其所处的环境细致地刻画出来，文辞不可不谓华美，音韵不能不说和谐，真正做到“夸目侈于红、紫，荡心逾于郑、卫”（《周书·王褒庾信传论》），但女主人公浓妆艳抹而眼神黯淡，终究缺乏生气，所以诗篇感染力不强。

沈德潜《说诗晬语》说：“齐人寥寥，谢玄晖（谢朓）独有一代，以灵心妙悟，觉笔墨之中，笔墨之外，别有一般深情名理。”这里的“灵心妙语”“深情名理”，就是指谢朓在他的纤细精致的咏物诗中融入了深远的情怀，即对色彩缤纷所掩盖的真实人生有更为深刻的体悟。他的“奇章秀句”，不仅仅是体悟精巧，辞藻妍丽，对偶工整，还做到了略貌取神，所以绘景总是给人活泼的感受，如“日华川上洞，风光草际浮”（《和徐都曹出新亭渚口》）、“鱼戏新荷动，鸟散余花落”（《游东田》）、“花枝聚如雪，芜丝散犹网”（《与江水曹至滨干戏》）等。

谢朓的这些诗篇，往往是即席应酬之作，题材往往是习见的，但他能通过巧妙的构思和新奇的语言化腐朽为神奇，勾勒出生机勃勃的新境界。李德裕在《文章论》有云："世有非文章者曰：辞不出于风、雅，思不越于《离骚》，何足贵也？余曰：譬诸日月，虽终古常见，而光景长新，此所有为灵物也。"文学艺术的魅力，就在于此。

宋·《梨花鹦鹉图》

乘之愈往，识之愈真。如将不尽，与古为新。
碧桃满树，风日水滨。柳阴路曲，流莺比邻。
采采流水，蓬蓬远春。窈窕深谷，时见美人。

纤秾

沉　著

绿林野屋，落日气清。①
脱巾独步，时闻鸟声。②
鸿雁不来，之子远行。③
所思不远，若为平生。④
海风碧云，夜渚月明。⑤
如有佳语，大河前横。⑥

注释

① 野屋：山野人所居之室。这两句说，在茂密翠绿的森林中，有一间质朴疏野的小屋。夕阳西下，这里的空气尤为清新。

② 脱：摘掉。《世说新语·任诞》："脱帻著帽。"巾，头巾，《玉篇》："巾，佩巾也，本以拭物，后人著之于头。"束巾，为闲适时装扮。脱巾，指不拘礼仪的潇洒之态。这两句说，隐居山野之人，脱去头巾，自由自在地漫步于暮色之中，听闻清脆婉转的鸟鸣声响起，不由有潇洒出尘之念。

③ 鸿雁：候鸟。《礼记·月令》："鸿雁来宾。"又借喻书信，典出《汉书·李广苏建传》所附《苏武传》："常惠教使者谓单于，言天子射上林中，得雁足有系帛书，言武等在某泽中。"之子，此人。《诗经·周南·桃夭》："之子

于归，宜其室家。”两句说，好友远行他乡，一直没有收到他的书信。

④ 平生：平时。《论语·宪问》：“见危授命，久要不忘平生之言，亦可以为成人矣。”白居易《与元微之书》：“上报疾状，次叙病心，终论平生交分。”这两句说，诗人所思念的那个人，他平日相处时的音容笑貌，仿佛就在眼前。

⑤ 碧云：天空中的浮云，常用于表达离别相思之情。江淹《拟休上人怨别》：“日暮碧云合，佳人殊未来。”韦应物《寄皎然上人》：“愿以碧云思，方君怨别余。”渚，水中小洲。两句历来解释有误，所描摹的依然是两地相思的情怀。上句说，好友远离，如海风吹散碧云，相思无由寄达；下句想象友人在旅途的景象，明月中，小洲旁，友人定会在舟中思念自己。

⑥ 佳语：佳句。“人之佳语，如有此妙境，而大河前横，举目可得，随在皆然矣。”结合上文，这两句应该是说友人“为人性僻耽佳句，语不惊人死不休”，思力到时，会心处即在眼前。

品读

作为一种艺术风格，“沉著”包含两个方面的特征。一是情感的厚重真挚，况周颐《蕙风词话》卷二说：“重者，沉著之谓，在气格，不在字句。于梦窗词庶几见之。即其芬菲铿丽之作，中间隽句艳字，莫不有沉挚之思，灏瀚之气，挟之以流转。令人玩索而不能尽，则其中之所存者厚。沉著者，厚之发见乎外者也。”况周颐认为，所谓沉著，就是将深厚情感用艺术形式充分展示出来。虽然他所评述的是词，诗亦不例外，如纪昀评杜甫《春望》诗“语语沉著，无一毫做作，而自然深至”，吴汝纶称《春望》“句句沉著，意境直似《离骚》”，均是就杜甫《春望》沉郁厚实的情感着眼。因此，许印芳在《诗品跋》中强调说：“刻挚切至，则有沉著之美。”孙联奎《诗品臆说》题解也说：“沉著，对漂浮言。意思漂浮，故语不镇纸。”

“沉著”的另一个特征，是语言的豪劲有力。内容充实了，情感深厚了，必须用有力的语言将之全盘烘托而出。诗歌笔力遒劲的一个重要表现，就是赵翼《瓯北诗话》卷二说：“宋子京《唐书杜甫传赞》，谓其诗‘浑涵汪茫，千汇万状，兼古今而有之’，大概就其气体而言。此外，如荆公、东坡、山谷等，各就一首一句，叹以为不可及，皆未说著少陵之真本领也。其真本领仍在少陵诗中‘语不惊人死不休’一句。盖其思力沉厚，他人不过说到七八分者，少陵必说到十分，甚至有十二三分者。其笔力之豪劲，又足以副其才思之所至，故深人无浅语。”赵翼指出，杜甫诗歌创作所取得的巨大成就，不仅与其沉厚的思力相关，还得力于他豪劲的笔力，能够将其诚挚的情感说尽说透。“一题必尽题中之义，沉著至十分者，如《房兵曹胡马》，既言‘竹批双耳’‘风入四蹄’矣，下又云：‘所向无空阔，真堪托死生。’……《登白帝城楼》之‘扶桑西枝封断石，弱水东影随长流’，扶桑在东而曰‘西枝’，弱水在西而曰‘东影’，正极言其地之高，所眺之远。皆题中本无此义，而竭意摹写，宁过无不及，遂成此意外奇险之句，所谓十二三分者也。至于寻常写

景，不必有意惊人，而体贴入微，亦复人不能到。”（《瓯北诗话》卷二）

司空图对“沉著”这一风格并没有做过多的渲染，他感兴趣的是如何能够进入这一意境。在他看来，要想写出沉著的诗篇，诗人必须首先进入沉静的状态，所以他首先描绘出一幅宁静的画面，营造出安详的氛围。“野屋而衬以绿林，掩映之余，更觉幽寂。傍晚落日，野旷气清，于斯境，于斯时，而有人也，闲步逍遥，已觉远隔尘氛，飘飘欲仙。”（郭绍虞《诗品集解》）正是远离俗世的喧嚣，摆脱世事的纷扰，心情方可安宁下来，俯察人生，仰观宇宙，寄诸怀抱，行之言语。

萧统《文选序》说：“事出于沉思，义归乎翰藻。”进入沉静状态的目的，是为了沉思，这就是刘勰《文心雕龙·神思》所形容的“寂然凝虑，思接千载，悄然动容，视通万里”。只有在寂静的状态下，才能集中注意力，让思绪飞扬。在落日余晖下，在鸟儿啁啾中，漫步山野的诗人想到的是什么呢？他期待把这种澄清空明的感受与好友分享，虽然好友远行他方，但心思凝结之际，好友平素欢声笑语的点点滴滴都涌上心头，历历在目。于是两人即使咫尺千里，深情所至，亦如近在眼前。

示例

停云

陶渊明

霭霭停云，濛濛时雨。

八表同昏，平路伊阻。
静寄东轩，春醪独抚。
良朋悠邈，搔首延伫。

停云霭霭，时雨濛濛。
八表同昏，平陆成江。
有酒有酒，闲饮东窗。
愿言怀人，舟车靡从。

东园之树，枝条载荣。
竞用新好，以怡余情。
人亦有言，日月于征。
安得促席，说彼平生？

翩翩飞鸟，息我庭柯。
敛翮闲止，好声相和。
岂无他人，念子实多。
愿言不获，抱恨如何！

有人认为，司空图诗中“所思不远，若为平生”等语句，其实来自陶渊明这首《停云》诗。晋安帝元兴三年（404），陶渊明隐居浔阳柴桑（今江西九江），想起好久没有相聚的亲友，写下了这首诗，诗歌前面有序言：“《停云》，思亲友也。樽湛新醪，园列初荣。愿言不从，叹息弥襟。”诗人以“停云”为题，表明上是取自诗歌的首句，看起来与主题无关，实际上还是蕴藏了深刻的含意。“停云”的典故，出自《列子·汤问》薛谭学讴于秦青的故事，用来形容歌声之嘹亮使得天上的云彩都久久不愿离去。陶渊明以“停云”为题，自然有盼望知已相会的用心。对亲友期盼越久，阻隔越大，思念之情就越会凝聚而不散，这种情怀蓄积到一定程度，喷薄而出，写出的诗歌就会具有沉著的风格。“平昔求词词外，于性情得所养，于书卷观其通。优而游之，餍而饫之，积而流焉。所谓满心而发，肆口而成，掷地作金石声矣。情真理足，笔力能包举之。纯任自然，不假锤炼，则‘沉著’二字之诠释也”（况周颐《蕙风词话》卷一）。

这种厚积薄发，往往会显得气势淋漓酣畅，当灵感迸发佳句就如同大河汪洋恣肆，不可阻遏，所以“沉著”一般与“痛快”紧紧联系在一起，清代陶明濬在《诗说杂记》中解释说：“古来诗人多矣，诗体备矣，严氏（严羽）所云两大界限，实足以包举无遗矣。优游不迫者即陶（陶渊明）、韦（韦应物）一体，从容闲适，举动自如。至于沉著痛快，则倾囷倒廪，脱口而出，为此体者，要使驱驾气势，必使读吾诗者心为之感，情为之动，击节高歌，不能自已。杜少陵（杜甫）之诗，沉郁顿挫，极千古未有之奇，问其何以能此，不外沉著痛快四字而已。”显然就诗歌的沉著痛快而言，杜甫的作品更具有代表性。

南宋·佚名《赤壁图》

海风碧云，夜渚月明。如有佳语，大河前横。
鸿雁不来，之子远行。所思不远，若为平生。
绿林野屋，落日气清。脱巾独步，时闻鸟声。

沉著

高 古

畸人乘真，手把芙蓉。①
泛彼浩劫，窅然空踪。②
月出东斗，好风相从。③
太华夜碧，人闻清钟。④
虚伫神素，脱然畦封。⑤
黄唐在独，落落玄宗。⑥

注释

① 畸（jī）人：奇特之人，不同流俗之人。《庄子·大宗师》："子贡曰：敢问畸人？（孔子）曰：畸人者，畸人而侔于天。"这两句说，异人手持莲花，乘着玄元真气飞升。

② 泛：漂浮。《诗经·邶风·柏舟》："泛彼柏舟，亦泛其流。"浩劫，历时长久的劫数。佛家称天地由成、住至坏、空为一劫。窅（yǎo）然，幽深遥远的样子。李白《山中答问》："桃花流水窅然去，别有天地非人间。"这两句说，异人历经浩劫而长存，游心鸿蒙，行迹杳然难觅。

③ 东斗：夜的东方。苏轼《前赤壁赋》："少焉，月出于东山之山，徘徊于斗牛之间。"这两句说，明月从东方的星宿之间升起，清凉的夜风轻轻吹拂。

④ 太华：华山，在今陕西华阴县南。两句说，高峻的华山矗立在澄碧的夜空之中，远处寺院悠悠的钟声在万籁

俱静中格外清越。

⑤ 虚：虚静。脱然，豁然，轻快的样子。畦封，土地的边界。这两句说，虚静养气，返璞归真，神思超然尘外。

⑥ 黄、唐：黄帝和唐尧，传说中的中国上古时代的两位帝王，尧曾被封于唐（今山西境内）地。这两句说，那种体验到玄妙本质的清静自乐，似乎是回到了上古之时才能感受到的。

品读

从诗人的心态来看，“高古”的核心是“高”，即在生活中应该有一种高岸绝尘的态度，杨廷芝《诗品浅解》解题说“高则俯视一切”，应该说是把握了这一意境的本质特征。历来评论者比较关注这一小节所出现的“畸人”形象，并把他与庄子所塑造的“真人”等同起来。不过，司空图虽然借用了道家的概念与意象，但其宗旨并非是在宣扬道家思想或学说。《庄子》中的“畸人”一般是形体上异于常人而精神上达到自然状态的奇人，“真人”则托心物外、静绝尘埃、脱略人间之人。《庄子·徐无鬼》说：“古之真人，以天待人，不以人入天。”“故无所甚亲，无所甚疏，抱德炀和以顺天下，此谓真人。”其《大宗师》又说“古之真人，其寝不梦，其觉无忧，其食不甘，其息深深。”“不知说生，不知恶死，倏然而往，倏然而来。”因此，大体而言，庄子所说的“畸人”“真人”，体现了一种消遣世虑、忘却人事的人生态度；而司空图诗中的两种形象，表现了一种超越的情怀，他并不主张与世隔绝或者心如槁木，而是要求不执着于世事。对此，无名氏《皋兰课业诗品解》曾强调说："此言神仙富贵，非有两途。故得乾坤浩气，追溯轩黄唐尧气象，乃是真高古。若仍草木衣食，形容枯槁，仅山泽之癯，非神仙也。"

"畸人乘真，手把芙蓉。泛彼浩劫，窅然空踪"四句，确实从空间和时间两个方面形容了"高古"的风采，但其立足点依然是空间之高，因为这里的时间之远是有前者衍生出来的。上述四句或当是从李白《庐山谣寄卢侍御虚舟》点化而来，李白诗中有强烈的"求仙"愿望，司空图笔下的"畸人"也驭气升天，却并非绝世而去，他遨游太虚只是为了能够更好地欣赏这个世界。因此，"高古"的目标是"高雅"而非"高蹈"。只有具备高旷的情怀，才能藻雪精神，心游万仞，体悟到自然人生之美妙，如同清风徐来之时，明夜朗照之下，登华山之巅，看万峰默立，碧空无尘，心止如水，万虑岑息。杜甫在《解闷十二首》之八中曾赞王维说："不见高人王右丞，蓝田丘壑漫寒藤，最传秀句寰区满，未绝风流相国能。"王维之高雅与风流，亦在于他能充分欣赏蓝田美景，并以秀丽的语句表现出来。

李东阳《麓堂诗话》曾经说过："唐诗李（李白）、杜（杜甫）之外，孟浩然、王摩诘（王维）足称大家。王诗丰缛而不华靡，孟却专心古淡而悠远深厚，自无寒俭枯瘠之病。由此言之，则孟为尤胜。"李东阳之所以认为孟浩然更优于王维，是因为他们认为高雅的极致是古朴。陶渊明在《与于俨等疏》曾描述他在大自然中所体现到的极乐境界："常言五六月中，北窗下卧，遇凉风暂至，自谓是羲皇上人。"上古羲皇之世，人们恬静闲适，这才是生活的本来面目。

示例

咏怀诗·其四十三

阮　籍

鸿鹄相随飞，飞飞适荒裔。
双翮凌长风，须臾万里逝。
朝餐琅玕实，夕宿丹山际。
抗身青云中，网罗郭能制？
岂与乡曲士，携手共言誓！

阮籍为竹林七贤之首，身处魏、晋易代之际，面对险恶的政局，既不愿为虎作伥，又无力起来抗争，所以口不臧否人物，发言玄远，寄情山水。他的八十二《咏怀诗》就是他这一忧愁焦虑情绪的反映，不仅抒写了对现实的失望与不满，还反复感叹生命短促、人生无常。严羽《沧浪诗话》说："黄初之后，惟阮籍《咏怀》之作，极为高古，有建安风骨。"阮籍《咏怀诗》之"高古"，体现为对精神自由和理想王国的强烈追求，常常以"游仙"的姿态展示出来，如这里所选录的第四十三首。诗歌的前半部分，与司空图"高古"一则所描述的场景极为相似，都是希望能够凌空翱翔，飞向自由的彼岸。

不过，诗歌的后半部分说明，诗人之所以一心期盼展翅高飞，并非是为了获得身体的自由，而是为了获取精神的自由。他的这种向往，是因为对现实的极度失望才产生的，他是在以远离的态度来表达淑世情怀。严羽称赞其是有“建安风骨”，也正是觑破他的隐衷，看出阮籍与建安诸子具有共同的慷慨品格。

游仙诗在汉代就开始出现了，魏晋时期逐渐兴盛。这些游仙诗，主要是根据列子、庄子等人对神仙传说的描述，表现诗人们对逍遥而游的仙人的追逐与向往，带有浓厚的求仙意识。东汉以来，人们的生命意识开始觉醒，表现生命短促与脆弱的情怀成为诗歌的重要主题，阮籍《咏怀诗》也不例外，不少诗作展示了作者生存的焦虑，如第三十三首：“一日复一夕，一夕复一朝。颜色改平常，精神自损消。胸中怀汤火，变化故相招。万事无穷极。知谋苦不饶。但恐须臾间，魂气随风飘。终身履薄冰，谁知我心焦。”阮籍期待着能够乘风翱翔，确实不乏对生命的反思，但更主要的是对社会的不满，他的这种高蹈遗世，终究是为了远离令他难以接受的社会现实。

宋徽宗《瑞鹤图》

虚伫神素，脱然畦封。黄唐在独，落落玄宗。

月出东斗，好风相从。太华夜碧，人闻清钟。

畸人乘真，手把芙蓉。泛彼浩劫，窅然空踪。

高古

典　雅

玉壶买春，赏雨茅屋。①
坐中佳士，左右修竹。②
白云初晴，幽鸟相逐。③
眠琴绿阴，上有飞瀑。④
落花无言，人淡如菊。⑤
书之岁华，其曰可读。⑥

注释

① 玉壶：玉质的酒器。高骈《边方春兴》：“草色青青柳色浓，玉壶倾酒满金钟。笙歌嘹亮随风去，知尽关山第几重。”买春，买酒。春，春酒。买，买得。李白《襄阳歌》：“清风朗月不用一钱买，玉山自倒非人推。”这两句说，细雨飘拂之日，诗人安坐茅草屋，饮美酒，品春色。

② 坐：同“座”。修竹，长竹。这两句说，坐席中的高人雅士，正如屋前的翠竹一般，会心解意。

③ 幽鸟：沉静安闲之鸟。司空图《即事九首》之九：“幽鸟穿篱去，邻翁采药回。云从潭底出，花向佛前开。”相逐，相追随嬉戏。皎然《与昂上人两字继合四句初字日》：“有一鸟雏，凌寒独宿。若逢云雨，两两相逐。”这两句写雨过新晴，白云卷舒，群鸟嬉戏，一片天机。

④ 眠琴：将琴横放。一说，抱琴而眠。陈存《丹阳

作》："暂入新丰市，犹闻旧酒香。抱琴沽一醉，尽日卧垂杨。"这两句说，绿荫深处，可以安坐抚琴，可以高卧听闻飞瀑溅沫。

⑤ 落花无言：写寂静幽清之感。齐己《春风曲》："春风有何情，旦暮来林园。不问桃李主，吹落红无言。"淡，静默。《老子》第二十章："淡兮其若海，飂兮若无止。"这两句说，花片飞落，悄然无声；幽人岑静，宛如秋菊。郭绍虞《诗品集解》："落花无言，幽寂可想；人淡如菊，萧疏可知。"

⑥ 书：写，记录。岁华，岁时。苏轼《赠刘景文》："一年好景君须记，正是橙黄橘绿时。"读，品读，欣赏。这两句说，如此良辰美景，让人流连忘返，当用诗书记录下来，反复吟咏赏玩。

品读

在司空图之前，"典雅"一词往往与"典重"联系更为紧密。《后汉书》卷七十二："（刘）苍因上《光武受命中兴颂》，帝甚善之，以其文典雅，特令校书郎贾逵为之训诂。"王充《论衡·自纪》："夫口论以分明为公，笔辩以荴露为通，吏文以昭察为良。深覆典雅，指意难睹，唯赋颂耳。"这里所谓"典雅"，都是强调文章多引经据典，有根柢，涵义深厚。"典"最初指典籍，而"言天下之事，形四方之风，谓之雅。雅者，正也，言王政之所由废兴也"（《诗大序》），亦可指《诗经》之大、小雅，因此"典雅"原始意义当为典籍，《文选·马融〈长笛赋〉》："融既博览典雅，精核数术。"吕向注："典谓《坟》《典》；雅谓《雅》《颂》。"由此用来形容具有传统经典风味的文章，尤其是受到儒家影响的文章，刘勰《文心雕龙·体性》："典雅者，镕式经诰，方轨儒门者也。"唐初的诗歌，还可以看到这种用法，如寒山《诗三百三首》中有云："有人笑我诗，我诗合典雅。不烦郑氏笺，岂用毛公解。"孙联奎《诗品臆说》解题说："典，乃典重。雅，即'风雅''雅饬'之雅。"就是从"典雅"的原初意义来阐释的，不过与司空图在这里所表达的观点颇有龃龉。

司空图在这里所描绘的"典雅"风格，其实是略于"典"而偏于"雅"。此前的学者在谈及"典雅"时，一般更强调"雅正"，所谓"雅之为正言也"（《风俗通·声音》），而文章的标准自然是儒家典籍，所谓"是以模经为是式者，自入典雅之懿"，"章表奏议，则准的乎典雅"《文心雕龙·定势》。但司空图认为，雅还有另外一层涵义，那就是高尚、美好。这种高雅，与典籍无关，与雅道无涉，即无法用语言来形容，也没有一种固定的规范，而是与生活态度紧密相连，表现为风流自赏的雅像，一种绰约含蓄的雅量，一种超然物外的雅致。无名氏《皋兰课业诗品解》解题说："此言典雅，非仅徵材广博之谓。盖有高韵古色，如兰亭、金谷、洛社、香山，名士风流，宛然在目，是为典雅耳。"这种说法，应该更接近司空图的原意。

所谓"兰亭""金谷""洛社""香山"，都是名士雅集的代称，司空图在这里所描绘的那种雅趣，也是友人相聚时所滋生的。饮美酒，赏霏微，如无三五好友相伴，是无法体味到"典雅"的。"左右修竹”，自然使人想到了以竹为契友的王徽之。《晋书·王徽之传》：“子猷性爱竹，尝暂寄人空宅住，便令种竹。或问：‘暂住何烦尔？’王啸咏良久，直指竹曰：‘何可一日无此君？’”居室之前，时刻需要有修竹弄影摇曳；文人饮酒赏春，也正需要朋友相伴随。即使无法呼朋引伴，月下独酌，可以邀请明月同饮，“花间一壶酒，独酌无相亲。举杯邀明月，对影成三人”（李白《月下独酌》）；林中独自抚琴，可以邀请明月，“独坐幽篁里，弹琴复长啸。深林人不知，明月来相照”（王维《竹里馆》）；“众鸟高飞尽，孤云独去闲。相看两不厌，只有敬亭山”李白《独坐敬亭山》。司空图反其意而用之，“白云初晴，幽鸟相逐”，白云悠悠，眷念不去；众鸟徘徊，嬉戏相逐。此情此景，更令人沉醉。

示例

重阳山居

司空图

诗人自古恨难穷，暮节登临且喜同。
四座宾朋兵乱后，一川风物笛声中。
菊残深处回幽蝶，陂动晴光下早鸿。
明日更期来此醉，不堪寂寞对衰翁。

高雅的生活必须具备哪些要素呢？在司空图看来，一是需要有美景在当前，二是需要有佳友相伴。诗人适逢乱世，又值暮年，自然有许多遗憾，不过在重阳佳节登高望远之时，见得眼前有无数美景——菊花虽残，而蝴蝶徘徊不去；波光粼粼，而飞鸿盘旋而下——同时又有众多亲朋好友相伴相随，此时此刻，还有什么不满足的呢？孔融认为，人生惬意之事，莫过与友人一并纵饮高歌，所谓“坐上客恒满，尊中酒不空”；刘禹锡也说，居室虽然简陋，“谈笑有鸿儒，往来无白丁”，也会蓬荜生辉，不失为人生雅事。司空图则说，兵乱之后，依然有四座宾朋，共度重阳，生活情调依然高雅。“明日更期来此醉，不堪寂寞对衰翁”，说的就是重阳节后，美景虽在而友人已去，诗人感受到的就只有寂寞了。

对于许多诗人而言，美景常有而佳士不常有。司空图形容他所向往的典雅生活是，“坐中佳士，左右修竹”。修竹往往是常伴左右的，而佳士可遇不可求。有知己相伴相随，生活顿时变得富有情趣了。那么何种人士才能称为“佳士”，如修竹一般让王徽之“相看不厌”呢？李白《山中与友人对酌》：“两人对酌山花开，一杯一杯复一杯。我醉欲眠卿且去，明朝有意抱琴来。”这里的抱琴之士，陶然忘机，潇洒尘外，真率飘逸，自然是佳士良友。绿荫中，飞瀑下，调素琴，赏落花，“此时无声胜有声”，哪里还需要用苍白的语言来交流呢？当然，有美景在目，有良友在侧，同时又诗兴大发，这才是真正高雅的生活。李白说过，“夫天地者，万物之逆旅也；光阴者，百代之过客也。而浮生若梦，为欢几何？古人秉烛夜游，良有以也。况阳春召我以烟景，大块假我以文章。……不有佳咏，何伸雅怀？”（《春夜宴桃李园序》）这样的时刻，必须用诗来吟咏抒怀。

宋・佚名《牡丹图》

落花无言，人淡如菊。书之岁华，其曰可读。

白云初晴，幽鸟相逐。眠琴绿阴，上有飞瀑。

玉壶买春，赏雨茅屋。坐中佳士，左右修竹。

典雅

洗　炼

如矿出金，如铅出银。[1]
超心炼冶，绝爱缁磷。[2]
空潭泻春，古镜照神。[3]
体素储洁，乘月返真。[4]
载瞻星辰，载歌幽人。[5]
流水今日，明月前身。[6]

注释

① 矿：矿石。铅，青石。古代方术之士认为银是铅的精华所在。寒山《诗三百三首》云："铅矿入炉冶，方知金不知。"两句说，洗炼好比是从矿石中提炼出金，从铅石中提炼出银。

② 超心：超越凡俗之心。绝爱，绝不爱惜。磷，薄石。缁磷，矿物中的杂质，此处比喻粗糙之物。《论语·阳货》："不曰坚乎？磨而不磷。不曰白乎？涅而不缁。"陈子昂《观荆玉篇》："鸥夷双百玉，此玉有缁磷。"李白《古风五十几首》之五十："赵璧无缁磷，燕石非贞真。"这两句说，要精心洗涤锤炼，去除杂质。也可理解为，经过一番提炼打磨，缁磷之类的粗糙原石也会变得可爱。

③ 空潭：潭水清澈明净。这两句说，洗心炼神之后，可以洞烛幽微，明鉴万物，传神写照。

④ 体：本体。一说，亲近。乘，因。《晋书·王徽之传》："本乘兴而来，兴尽而返，何必见安道耶?"《晋书·袁宏传》："秋夜乘月，率与左右微服泛江。"返真，回到原初的自然状态。《庄子·秋水》："无以人灭天，无以故灭命，无以得殉名，谨守而勿失，是谓返其真。"这两句说，诗人内心纯净，精神高洁，就好比迎着澄澈的月光回到自然状态。

⑤ 载：语首助词，《诗经·小雅·采薇》："行道迟迟，载饥载渴。"瞻，仰望。《诗经·邶风·雄雉》："瞻彼日月。"这两句说，夜深人静，月光如水，幽人翘首瞻望，徘徊歌吟。

⑥ 这两句说，流水荡漾的明月，是天空明月的映照。

品读

洗炼原意是清洗、磨炼等劳作方式，用在人身上比喻修身养性，《宋书》卷八十一《顾觊之传》："岂若澡雪灵府，洗炼神宅，据道为心，依德为虑，使迹穷则义斯畅，身泰则理兼通，岂不美哉。"如果用在文学创作方面，一般指炼材、炼字、炼意、炼境等提炼加工手段，其中最为人关注的炼字，刘勰《文心雕龙·章句》说："夫人之立言，因字而生句，积句而成章，积章而成篇。篇之彪炳，章无疵也；章之明靡，句无玷也；句之精英，字不妄也。振本而末从，知一而万毕矣。"对于诗歌而言，炼字尤为重要，"诗赋以一字见工拙"，"诗要炼字，字者眼也"（杨载《诗法家数·总论》）。历来诗人也多勤于炼字，《宋诗话辑佚·漫叟诗话》载："'桃花细逐杨花落，黄鸟时兼白鸟飞'。李商老云：'尝见徐师川说一士大夫家有老杜墨迹，其初云：桃花欲共杨花语。自以淡墨改三字，乃知古人字不厌改也。不然，何以有日锻月炼之语？'”唐代诗人卢延让《苦吟》诗“吟安一个字，拈断数茎须”，生动地描述出了诗人们炼字的辛劳。

诗中精妙的字句，确实如灵丹一粒，可以点铁成金，化腐朽为神奇。洪迈《容斋续笔》载：“王荆公绝句云：'京口瓜州一水间，钟山只隔数重山。春风又绿江南岸，明月何时照人还。'吴中士人家藏其草，初云'又到江南岸'，圈去'到'字，注曰'不好'，改为'过'。复圈去而改为'入'。旋改为'满'。凡如是十许字，始定为'绿'。黄鲁直诗'归燕略无三月事，高蝉正用一枝鸣'，'用'字初曰'抱'，又改曰'占'，曰'在'，曰'带'，曰'要'，至'用'字始定。予闻于钱伸仲大夫如此。”司空图认为，炼字如同矿物去除渣滓，又如仙家荡涤芜秽。矿物经过提炼打磨，通体透彻；仙家排污去浊，内外洁净；诗篇经过锤炼洗濯，则精粹简洁。

不过，倘若将诗歌创作理解为锻炼字句，则不免误入歧途。黄子云《野鸿诗的》：“晚唐后专尚镂镌字句，语虽工，适足彰其小智小慧，终非浩然盛德之君子也。”即使伟大如苏轼，有时也不免此弊，《潜溪诗眼》说：“后诵淮海小词云：杜鹃声里斜阳暮。公（苏轼）曰：此词高绝。但既云斜阳，又云暮，则重出也。欲改斜阳作帘栊。余曰：既言孤馆闭春，似无帘栊。公曰：亭传虽未必有帘栊，有亦无害。余曰：此词本模写牢落之状。若曰帘栊，恐损初意。生曰：极难得好字，当徐思之。”苏轼认为秦观《踏莎行·郴州旅舍》“杜鹃声里斜阳暮”一句，“斜阳”两字与“暮”有重复之嫌，因此想有所改动，实不知这种锻炼字句却使诗词失去了天然纯净的本色，满是留下人工雕琢的痕迹。司空图在强调锻炼字句的重要之后，随即以“空潭泻春，古镜照神”两句，描绘出一种晶莹澄澈的境界，指出锤炼的目标所在。空潭望之若空，故极其清澈明净，能将春水之意态烘托而来。诗人“体素储洁”，进入混茫的道真之境，就能如古镜洞鉴万物。所谓“返真”，就是要拥有圣人的静心。诗人以这种澄澈明净之心观照万物，就如月下幽人、雪中高士，而他们所写出的那些明净的诗篇，正是他们心性的投射，正所谓“流水今日，明月前身”。诗歌的意境，终究是由作者的心境所决定的。

示例

夜归鹿门歌

孟浩然

山寺钟鸣昼已昏，渔梁渡头争渡喧。
人随沙路向江村，余亦乘舟归鹿门。
鹿门月照开烟树，忽到庞公栖隐处。
岩扉松径长寂寥，惟有幽人自来去。

孟浩然诗以洗炼著称，“孟诸诗皆极洗炼而不枯瘁，又在苏州前”（《王孟诗评》）。清代翁方纲曾以为这种洗炼仅仅是来自孟浩然的笔法，其《石洲诗话》说："读孟公（浩然）诗，且毋论怀抱，毋论格调，只其清空幽冷，如月中闻磬，石上听泉，举唐初以来诸人笔虚笔实，一洗而空之，真一快也。"其实孟浩然诗之清新可人，正是由其冲淡的怀抱所带来的，如这首《夜归鹿门歌》，如前人所言："浅浅说去，自然不同，此老胸中有泉石。"（《汇编唐诗十集》）。

这首诗写作者夜行江边所见到的场景。黄昏时分，山寺里的钟声已经敲响，渡口处顿时热闹起来，人们急急忙忙赶着回家。渡河后的行人，沿着沙路走向了江村，诗人乘着小船返回鹿门。月亮上来了，山树在月光下一片迷蒙，林间的小道幽深静寂，诗人不知不觉来到庞德公当年隐居的地方，而这里也正是诗人现在正隐居的地方。诗歌从日落黄昏一直写到夜月高悬，从舟行汉江一路写到夜归鹿门山中，从喧嚣嘈杂的渡口村落一直写到静谧安宁的幽居之处，洗尽铅华，笔墨省净，如一则简洁优雅的山水游记。作者的旨趣，也在清澈澄净的意象中流露出来。

南宋·无款《澄江碧岫图》

载瞻星辰，载歌幽人。流水今日，明月前身。

空潭泻春，古镜照神。体素储洁，乘月返真。

如矿出金，如铅出银。超心炼冶，绝爱缁磷。

洗炼

劲　健

行神如空，行气如虹。①

巫峡千寻，走云连风。②

饮真茹强，蓄素守中。③

喻彼行健，是谓存雄。④

天地与立，神化攸同。⑤

期之以实，御之以终。⑥

注释

① 行：运行。神，精神，思维。空，天空，一说虚空。骆宾王《月夜有怀简诸同病》："山灵响似应，水净望如空。"气，气势。一说元气。王维《赠焦道士》："天老能行气，吾师不养空。"这两句说，思维如天马行空，任意奔走；笔力如长虹贯日，强劲恢宏。

② 巫峡：长江流经巫山至巴东的一段，与瞿塘峡、西陵峡并称长江三峡。寻，古代长度单位，八尺为一寻。走，奔驰。这两句说，诗歌的气势如巫峡千寻绝壁高耸，狂风呼啸，飞云一卷而过。

③ 真：真气，元气。茹，吃。《庄子・人间世》："回之家贫，唯不饮酒不茹荤者数月矣。"这两句说，诗人蓄养收藏真强之力，守住心神达到虚静。

④ 喻：晓谕。存雄，积存雄浑之气。《庄子・天下》：

“然惠施之口谈，自以为最贤，曰：‘天地其壮乎！’施存雄而无术。”陆德明《释文》引司马彪云：“意在胜人，而无道理之术。”这两句说，把天地运行的那种强健有力的气势展示出来，就形成了沉雄刚劲的风格。

⑤ 与立：并立。神化，神明造化。张说《一柱观》：“旧说江陵观，初疑造化来。”攸同，相同。攸，语助词。《诗经·大雅·文王有声》：“四方攸同。”两句说，这种刚劲之气，与天地相并立，与造化相推移。

⑥ 期：期待，要求。《韩非子·五蠹》：“不期修古，不法常可。”实，坚实，充实。御，驾驭，控制。贾谊《过秦论》：“振长策而御宇内。”终，终结。《诗经·大雅·荡》：“靡不有初，鲜克有终。”这两句说，把真切的内容充实进去，让强劲的气势贯穿始终。

品读

劲健，来自于强横有力的气势。当这种天地间自然蓄积的力量被充分展示出来的时候，当这种至大至刚的壮美被生动描述出来的时候，它就会造成令人震撼甚至恐怖效果，所以劲健常常同险峻产生关联。郭绍虞《诗品集解》说：“杜甫《秋兴》诗‘巫山巫峡气萧森’，正以其千寻壁立，阴森可怕。以巫峡千寻之险峻，而能走云连风于其间，足见大气流行，正是劲健二字最形象化的描写。”杜甫的笔力无疑是劲健的，他的诗篇如上述《秋兴八首》淋漓悲戚，惊心动魄，但总体而言，他的诗风是沉着悲壮的，饱含凛然之气、浩然之魄，浑穆雄强，如黄钺《二十四画品》所形容的那样：“目极万里，心游大荒。魄力破敌，天为之昂。括之无遗，恢之弥张。名将临敌，骏马勒缰。”单纯一个“劲健”，并不足于囊括杜甫的诗风。继承杜甫雄奇一面并将其发展到极致的是韩愈。

赵翼在《瓯北诗话》中有精彩描述：“韩昌黎生平所心摹力追者，惟李、杜二公。顾李、杜之前，未有李、杜，故二公才气横恣，各开生面，遂独有千古。至昌黎时，李、杜已在前，纵极力变化，终不能再辟一径。惟少陵奇险处，尚有可推扩，故一眼觑定，欲从此辟山开道，自成一家。此昌黎注意所在也。然奇险处亦自有得失。盖少陵才思所到，偶然得之；而昌黎则专以此求胜，故时见斧凿痕迹。有心与无心，异也。其实昌黎自有本色，仍在‘文从字顺’中，自然雄厚博大，不可捉摸，不专以奇险见长。恐昌黎亦不自知，后人平心读之自见。若徒以奇险求昌黎，转失之矣。”赵翼认为，杜甫与韩愈之诗都有奇险的一面，但杜甫是偶然得之，而韩愈是全力为之，因此杜诗沉郁悲凉，韩诗奇崛险怪。

事实上，我们也可以把这两种诗风的差异理解为“雄浑”与“劲健”的不同。“劲健”来自于“雄浑”，而只是展示了它强有力的一面。韩诗正是以任意横行、强劲无碍的气势取胜，这种气势就是劲健风格的生动形容，司空图首先指出了这一点。他在《题柳柳州集后》中说：“愚尝览韩吏部歌诗数百首，其驱驾气势，若掀雷扶电，撑抉于天地之间，物状奇怪，不得不鼓舞而徇其呼吸也。”韩愈诗歌里奔腾流走的气势，铺天盖地而来，如迅雷，如闪电，凌空纵横，浩浩荡荡，几乎使人喘不过气来。高棅在

《唐诗品汇》中也继承了这一说法："今观昌黎之博大而文，鼓吹六经，搜罗百氏，其诗骋驾气势，崭绝崛强，若掀雷决电，千夫万骑，横骛别驱，汪洋大肆，而莫能止者。"方东树《昭昧詹言》也说："韩公诗，文体多，而造境造言，精神兀傲，气韵沈酣，笔势弛骤，波澜老成，意象旷达，句字奇警，独步千古，与元气侔。"这些描述，都与司空图"劲健"风格的形容颇为一致。

示例

左迁至蓝关示侄孙湘

韩　愈

一封朝奏九重天，夕贬潮州路八千。
欲为圣明除弊事，肯将衰朽惜残年。
云横秦岭家何在？雪拥蓝关马不前。
知汝远来应有意，好收吾骨瘴江边。

韩愈早年生活十分艰难，仕途颇为坎坷。经过多年的煎熬与努力，直到五十岁才获得刑部侍郎的职位。两年后，即元和十四年（819），唐宪宗命令宦官从凤翔法门寺真身塔中将释迦摩尼的一节指骨迎入大内供奉，后又送往各寺庙让官民礼拜敬香。以弘扬儒学、复兴儒道为己任的韩愈，立刻写下了《谏迎佛骨表》劝谏阻止，并指出历来佞佛的皇帝都是短命鬼。唐宪宗大怒，将韩愈贬为潮州刺史，并要求其即刻赴任。仓促出发的韩愈来到蓝田关口，身边只有侄孙韩湘跟随，于是写下这首大气磅礴的诗篇。诗歌叙述了他被贬的缘由，表达了他坚定的信念，描述了他抛妻别子、前程未卜的险恶处境，流露出了伤感的情绪，但结语虽酸楚，却悲中有壮，掷地有声。

吴北江在评价这首诗时，指出它“大气盘旋，以文章之法行之，然已开宋诗一派矣”（《唐宋诗举要》引）。韩愈写诗，求新求奇，雄浑有余而蕴藉不足，不免由劲健误入奇崛。不过他的诗虽“字字生造，为古来所未有”（《岘佣说诗》），却并非凭空杜撰。其一字一句，依然是其平素涵养所致，只是在表现方式上有所不同。《诗源辨体》：“退之（韩愈）五七言古，字句奇险，皆有所本，然引用妥帖，殊无扭捏牵率之态。其论孟郊诗云：‘横空盘硬语，妥帖力排奡。’盖自况也。”韩愈所说的“横空盘硬语”，也正是他劲健诗风的自我描述。无名氏《皋兰课业诗品解》解释“劲健”说：“此言气体卑弱，筋力不足，皆由不善养之故。惟蓄积于中者既实而强，即贾其余勇，犹不衰弱，此亦止李、杜、韩三家为得其全。”韩愈所蓄养的，正是李白、杜甫的刚健雄浑之气，从他恣肆纵横的诗篇《调张籍》所言“李杜文章在，光焰万丈长”等诗句，可以寻出端倪。

唐·《虢国夫人游春图》

天地与立，神化攸同。期之以实，御之以终。

饮真茹强，蓄素守中。喻彼行健，是谓存雄。

行神如空，行气如虹。巫峡千寻，走云连风。

劲健

绮　丽

神存富贵，始轻黄金。①
浓尽必枯，淡者屡深。②
雾余水畔，红杏在林。③
月明华屋，画桥碧阴。④
金尊酒满，伴客弹琴。⑤
取之自足，良殚美襟。⑥

注释

① 神：精神。这两句大意说，只有精神世界丰富的人，才能轻视世俗世界里的荣华富贵。

② 浓尽：浓艳到极致。枯，枯槁。这两句是说，浓艳到尽处而一览无余，就会是枯槁，清淡往往含有无穷的韵致。

③ 雾余：雾已经开始消散而尚未散尽。水畔，水边。柳宗元《晨诣超师院读禅经》：“日出雾露余，青松如膏沐。”这两句说，水边弥漫的烟雾将散未散，与升腾的水气氤氲交织；红火的杏树叶，在掩映的森林中耀眼夺目。

④ 华屋：景致华丽的房屋。曹植《箜篌引》：“生存华屋处；零落归山丘。”这两句描绘的画面是：郎朗明月下，华屋金碧辉煌；烟柳掩映中，画桥明媚秀丽。

⑤ 金尊：华美的酒杯。尊，同“樽”。这两句描摹的意

境是，主人给酒杯斟满了美酒，友人在一旁弹琴鸣弦。

⑥ 良：确实能够。殚，尽。陶渊明《诸人共游周家墓柏下》："清歌散新声，绿酒开芳颜。未知明日事，余襟良已殚。"这两句说，从生活中自动获得的这些佳景，足以尽情抒写自己的胸襟。

品读

绮丽，就是华美绚烂，表现在文学风格上，应该是浓郁的情感与艳丽辞采的完美融合。魏晋以来，人们意识到诗赋终究以流丽为重要特征的艺术形式，曹丕总结为"诗赋欲丽"，陆机概括为"诗缘情而绮靡，赋体物而浏亮"，刘勰的论述最为全面，他在《文心雕龙·情采篇》中论述说："圣贤书辞，总称文章，非采而何？夫水性虚而沦漪结，木体实而花萼振，文附质也。虎豹无文，则鞟同犬羊；犀兕有皮，而色资丹漆，质待文也。若乃综述性灵，敷写器象，镂心鸟迹之中，织辞鱼网之上，其为彪炳，缛采名矣。……庄周云'辩雕万物'，谓藻饰也。韩非云'艳乎辩说'，谓绮丽也。绮丽以艳说，藻饰以辩雕，文辞之变，于斯极矣。"也就是说，优秀的文章应该有相应的精美形式，好比虎豹皮毛有花纹，实用的犀牛皮也要涂上靓丽的丹漆一样。不过在实践过程中，诗人们往往为声色之美所吸引，过分追求辞藻的华丽，以至于出现了铺列锦绣、雕绘满眼而内容空洞、情感单薄的现象，李白所谓"自从建安来，绮丽不足珍"，就是在批评这一不良倾向。

事实上，"绮丽"虽然给人强烈的鲜艳华丽的印象，其本质并不在于金碧辉煌，其手段也不是铺采摛文、藻饰雕绘，好比富贵气象并不能用黄金珍宝来展示。瞿佑《归田诗话》记载："晏元献公诗，不用珍宝字，而自然有富贵气象。如'梨花院落溶溶月，柳絮池塘淡淡风''楼台侧畔杨花过，帘幕中间燕子飞'等句。公尝举此谓人云：'贫儿家有此景致否?'晏叔原，公侄也。词云：'舞低杨柳楼心月，歌罢桃花扇底风。'盖得公所传也。此二句，勾栏中多用作门对。"这里开篇所说"神存富贵，始轻黄金"，也正是在说明真正的高华富贵在于精神气度。对文学创作而言，浓墨重彩也不足以烘托出"绮丽"的气象，因为"吴锦好渝，舜英徒艳。繁采寡情，味之必厌"（刘勰《文心雕龙·情采篇》）。一味追求浓艳华美，反而会适得其反，"气太重，意太深，声太宏，色太厉，佳而不家，反以此病"（陆时雍《诗镜总论》）。真正的绮丽本身就存在于自然与生活中，"龙凤以藻绘呈瑞，虎豹以炳蔚凝姿；云霞雕色，有逾画工之妙；草木贲华，无待锦匠之奇。夫岂外饰，盖自然耳。至于林籁结响，调如竽瑟；泉石激韵，和若球锽：故形立则章成矣，声发则文生矣"（刘勰《文心雕龙·原道》）。所以杨廷芝《诗品浅解》说："文绮光丽，此本然之绮丽，非同外至之绮丽。"

长期以来，人们对"绮丽"多有鄙夷，是他们因为往往把"绮丽"误解为"艳丽"，并且停留在繁采寡情的外在表现形式上。精美的形式，并不一定是深远意境的疵累；华堂绮筵，也非全然都是暴发户的嘴脸；羔羊美酒之旁，有佳士吟咏弹奏，也是一种名士风流。范温《潜溪诗眼》说：“世俗喜绮丽，知文者能轻之。后生好风花，老大即厌之。然文章论当理与不当理耳，苟当于理，则绮丽风花同入于妙；苟不当理，则一切皆为长语。上自齐梁诸公，下至刘梦得、温飞卿辈，往往以绮丽风花累其正气，其过在于理不胜而词有余也。老杜云：‘绿垂风折笋，红绽雨肥梅’‘岸花飞送客，樯燕语留人’，亦极绮丽，其模写景物，意自亲切，所以妙绝古今。”用自得的心态，去表现自然界与社会生活中那些无穷无尽的赏心悦目场景，不失为绮文丽质。

示例

绝句二首

杜　甫

迟日江山丽，春风花草香。
泥融飞燕子，沙暖睡鸳鸯。

江碧鸟逾白，山青花欲燃。
今春看又过，何日是归年？

司空图认为，“绮丽”其实有两种，一种存在于人事间，如“月明华屋”之金碧辉煌，这是人们所熟悉的“绮丽”；另一种展现在自然界中，如“画桥碧阴”之小桥流水，是另一种绮丽，常为人们所忽略。因此“绮丽”的外在形式，也有两种，一种是极其浓艳之“绮丽”，如姹紫嫣红、红杏在林，一种是极其淡雅之“绮丽”，如风轻云淡、雾余水畔。总之，决定“绮丽”的核心因素不是色彩的浓与淡，而是情趣与格调，是生机与活力把自然界中富有勃勃生机的一面，用清新俊逸的笔调表现出来，也会达到的“绮丽”意境。“浓尽必枯，淡者屡深”，花团锦簇而失之浅薄单调，可能会带来枯槁。

杜甫的这两首《绝句》，写出了两种“绮丽”。碧波荡漾的江面上，洁白的鸟儿一掠而过；郁郁葱葱的山中，火红的花儿似乎要燃烧一般：这是色彩方面的“绮丽”；春日融融，和风吹拂，花香四溢，鸳鸯戏水，燕子翻飞：这是情趣与格调方面的“绮丽”。唐肃宗乾元二年（579）冬，杜甫带着全家来到成都，寄居在西郊浣花溪畔的草堂寺。第二年，在亲友的资助下，他开始营造草堂。两年后，草堂建成，乱世中四处流浪的杜甫终于过上了一段宁静祥和的生活。邻里往来、观花觅景、赏画论诗等描写文人日常生活的诗歌大量出现，诗人不断描写他的安居闲趣，他的诗风一度变得“绮丽”起来，《绝句二首》与我们所熟悉的《春夜喜雨》《水槛遣心二首》《江畔独步寻花七绝句》等都是在这个阶段写下的，格调清新，意境明丽。

清・恽寿平

金尊酒满，伴客弹琴。取之自足，良殚美襟。

雾余水畔，红杏在林。月明华屋，画桥碧阴。

神存富贵，始轻黄金。浓尽必枯，淡者屡深。

绮丽

自 然

俯拾即是，不取诸邻。[①]
俱道适往，著手成春。[②]
如逢花开，如瞻岁新。[③]
真与不夺，强得易贫。[④]
幽人空山，过雨采苹。[⑤]
薄言情悟，悠悠天钧。[⑥]

注释

① 俯拾即是：只要低下头来捡取，到处都是，比喻多而易得。俯，低头，弯腰。俯拾，向下拾起。这两句说，诗意与辞藻等都是出自内心，近在眼前，信手拈来。

② 俱道适往：语出《论语·子罕》："可与共学，未可与适道。可与适道，未可与立。"俱，共同。适往，往去。著手，落笔。成春，表现出美好的诗意。郭绍虞《诗品集解》："既与道俱而再适往，自然无所勉强，如画工之笔极自然之妙，而著手成春矣。"这两句大意是说，诗人能体道而行，写来就可以意到笔随，无处不佳。

③ 瞻：看。这两句说，写出好的作品，就如同春天来了花儿就会开放、旧岁过去新年就会到来一样，自然而然。

④ 真与：真正给予。强，勉强。这两句说，发自内心领悟的，不会被夺走；强行搜罗得到的，还是会失去。

⑤ 幽人：幽居山林之人。空山，安静的山林。韦应物《秋夜寄丘员外》："空山松子落，幽人应未眠。"采苹，采撷苹草。这两句说，自然的状态，就犹如幽居山野之人，细雨过后，偶然碰到苹草而悠然采摘一样。

⑥ 薄言：就这么样，一说语助词，《诗经·周南·采苢》："采采芣苢，薄言采之。"悟，领悟。天钧，天地自然运行的法则。《庄子·寓言》："万物皆种也，以不同形相禅，始卒若环，莫得其伦，是谓天钧。"钧，制陶器所用的转轮。孙联奎《诗品臆说》："情悟者，悟上文诸譬喻之自然也。悠悠，则与天地之自然等矣。"这两句说，一旦领悟了这些生动活泼的意趣，就如同把握了天地转运推移的规律。

品读

最原始意义上的"自然"，应该是一种根本性的存在。《老子》第二十五章说："人法地，地法天，天法道，道法自然。"王弼《老子道德经注》解释道："法自然者，在方而法方，在圆而法圆，于自然无所违也。自然者，无称之言，穷极之辞也。"所谓"无称之言，穷极之辞"，就是再也寻找不出更原始的词语来形容它。在这个意义上，我们又把本真意义上的存在状态称之为自然，尤其与人为的结果相对立，《庄子·秋水》形象地比喻说："牛马四足，是谓天；落马首，穿牛鼻，是谓人。故曰无以人灭天，无以故灭命，无以得殉名。谨守而勿失，是谓反其真。"牛马生来就有四足，这是天然；给他们上笼头、穿鼻绳，就是人为。因此，所谓"返真"，就是回归天然的状态，按照本来的面目生活。在创作层面上，追求自然，返璞归真，就是反对矫揉造作，自然而然地展示内心的感受，这也是苏轼后来在《与谢民师书》中所描述的："大略如行云流水，初无定质，但常行于所当行，常止于不可不止。文理自然，姿态横生。"

自然风格的形成，核心在于诗人在创作过程中出于自然的状态，即他的情感是自然触发而非寻寻觅觅得来的，是情与景的自然交融，即"景以情合，情以景生，初不相离，唯意所适"（王夫之《姜斋诗话》），而非"以我观我，故物皆著我之色彩"（王国维《人间词话》），在创作之处原非预设情或景，而是诗人与景在此时此刻不经意的遇合，是作者信手拈来，著手成春。谢灵运在《登池上楼》写出千古名句"池塘生春草，园柳变鸣禽"时，曾以为他的从弟谢惠连的帮助："康乐（谢灵运）每对惠连，辄得佳语。后在永嘉西堂，思诗竟日不就，寤寐间忽见惠连，即成'池塘生春草'。故尝云：'此语有神助，非我语也。'"（钟嵘《诗品》引《谢氏家录》）其实真正触发灵感的不是谢惠连，而是情与景的瞬间遇合。叶梦得的剖析极为精辟，他在《石林诗话》中说："'池塘生春草，园柳变鸣禽。'世多不解此语为工，盖欲以奇求之耳。此语之工，正在无所用意，猝然与景相遇，借以成章，不假绳削，故非常情所能到。诗家妙处，当须以此为根本，而思苦言难者，往往不悟。"

自然的风格，要求进入无意的状态，却并非否定涵养的功夫，因为这种"无意"状态是在经过一定的积累之后，领悟了大道运行的规律，体道而行。自然并不是等于粗率，许多看起来若不经意的字词，实际上经过了作者仔细推敲，只是在诗中用得巧妙，让人看不出雕饰的痕迹。“王荆公晚年诗律尤精严，造语用字，间不容发。然意与言会，言随意遣，浑然天成，殆不见有牵率排比处。如‘含风鸭绿鳞鳞起，弄日鹅黄袅袅垂’，读之初不觉有对偶。至‘细数落花因坐久，缓寻芳草得归迟’，但见舒闲容与之态耳。而字字细考之，若经檃括权衡者，其用意亦深刻矣。”（叶梦得《石林诗话》）王安石诗歌的浑然天成，与他的用意深刻、和谐地统一起来。对于绝大多数诗人而言，要想进入这种不假思议的状态，必须反复磨练。《吕氏童蒙训》说：“作文必要悟入处，悟入必自功夫中来，非侥幸可得也。”“须令有所悟入，则自然度越诸子，悟入之理，正在功夫勤、惰间耳。如张长史见公孙大娘舞剑，顿悟笔法，因张者专意于此事，未尝少忘于心中，故能遇事有得，遂造神妙。若使他人观舞剑，有何干涉？非独作文、学书然也。”诗人写诗时看似雍容闲肆，出于自然，略不见其用力处，是因为他所用之力已经足够，所见能够得心应手。“陶诗淡，不是无绳削，但绳削到自然处，故见其淡之妙，不见其削之迹”（王圻《稗史》）。幽人在山中独行，春来花开，雨后苹生，会心之际，任意采撷，是因为他已经“俱道适往”而无所不可。

示例

饮酒·其五

陶渊明

结庐在人境，而无车马喧。
问君何能尔？心远地自偏。
采菊东篱下，悠然见南山。
山气日夕佳，飞鸟相与还。
此中有真意，欲辨已忘言。

情与景猝然相遇而进入诗中，给人的感觉就是毫不经意地脱口而出，似乎从胸臆中自动地流出了一样。诗人所写，就是他眼前所见；诗人所感叹，就是他当下所想。诗中出现的妙句，似乎也就是他俯拾而来，无一丝着力之处。钟嵘《诗品》曾讨论过这一现象："'思君如流水'，既是即目；'高台多悲风'，亦惟所见；'清晨登陇首'，羌无故实；'明月照积雪'，讵出经史。古今胜语，多非补假，皆由直寻。"这些精彩的名句，不是出自书本，也没有使用典故，只是把诗人当前的景色如实地展示出来而已。

陶渊明的《饮酒》其五一诗，大约写于作者归隐后的第十二年，描绘出诗人躬耕田园时悠然自得的人生意趣，被认为是陶渊明艺术的典范之作。这首诗的妙处之一，就在于其中的诗意是自然流出，是"如逢花开，如瞻岁新"，避免了人工的斧凿；是

“幽人空山，过雨采苹”，富有自然的生趣与活力。蔡梦弼《草堂诗话》说：“陶渊明诗‘采菊东篱下，悠然见南山’，采菊之际，无意于山，而景与意合，此渊明得意处也。”此后有人以为“悠然见南山”当改为“悠然望南山”，被苏轼大加抨击，原因就在于“望南山”失去了无意为之的悠然态度，不免神气索然。

清・恽寿平

幽人空山，过雨采苹。薄言情悟，悠悠天钧。

如逢花开，如瞻岁新。真与不夺，强得易贫。

俯拾即是，不取诸邻。俱道适往，著手成春。

自然

含　蓄

不著一字，尽得风流。①
语不涉己，若不堪忧。②
是有真宰，与之沉浮。③
如渌满酒，花时返秋。④
悠悠空尘，忽忽海沤。⑤
浅深聚散，万取一收。⑥

注释

① 著：粘着，附着。风流，风采神韵。羊士谔《忆江南旧游》："山阴道上桂花初，王谢风流满晋书。"孙联奎《诗品臆说》："纯用烘托，无一字道着正事，即'不著一字'，非无字也。不著一字，即'超以象外'。尽得风流，即'得其环中'。"这两句说，没有一个字直接说到要描写的对象，却把它的风韵神态充分烘托出来了。

② 涉：关涉，牵连。这两句是说，语句不关涉艰难和痛苦，而使人读来却有难忍的忧愁。

③ 真宰：造物主。《庄子·齐物论》："必有真宰而特不得其联。"司空图《杂题》："鱼在枯池鸟在林，四时无奈雪霜侵。若教激劝由真宰，亦奖青松径寸心。"沉浮，起伏，出没，显现。孙联奎《诗品臆说》："与之沉浮，是与真宰相为离即。观龙灯之龙，曲屈蜿蜒，俯仰上下，无非为珠

球而设。”这两句说，诗人之情意为作品的主宰，词句随着它而或隐或显。

④ 渌：同“漉”，渗滤。满酒，酒汁发酵，满了就要溢出。花时，旧以二月十五日为百花生日，号花朝节。返秋，碰上秋日乍寒的时节。这两句说，酵汁充分酝酿，醇酒自然会满溢；花期一到，乍暖旋寒，花朵含苞待放。

⑤ 空尘：天空中的尘埃。澹交《写真》：“水花凝幻质，墨彩染空尘。”司马相如《子虚赋》：“眇眇忽忽，若神仙之仿佛。”忽忽，飘忽。沤（ōu），水泡。这两句说，悠悠红尘无非是空，就像飘忽不定的海上泡沫。

⑥ 收：合拢。杨廷芝《诗品浅解》：“收，会归也，或浅或深，或聚或散，博之虽有万途，约之只是一理，含蓄岂有尽哉。”这两句说，万物变化繁复，诗人博采精收，归于含蓄。

品读

司空图《诗品》的声名远著，与王士禛拈出此条目中的“不著一字，尽得风流”并大加褒扬有关。那么，什么样的作品算得上“不著一字，尽得风流”呢？“语不涉己，若不堪忧”告诉我们，“含蓄”作为一种表现手段，首先应该做到题面不能直接出现在诗中，往往采用侧面烘托、环境渲染或者正反对照等方式，使人自然产生联想。孙联奎《诗品臆说》云：“含蓄大约用比体。《三百篇》《庄子》《离骚》且勿论，子产美锦诸喻，庄辛幸臣一篇，皆不著一字而正意越然。”含蓄确实有比体的影子存在，如柳宗元《江雪》：“千山鸟飞绝，万径人踪灭。孤舟蓑笠翁，独钓寒江雪。”在静寂凄寒的江面上独自垂钓的渔翁，与变法失败后孤傲清高的柳宗元何其相似。《而庵说唐诗》："余谓此诗乃子厚在贬时所作以自寓也。当此途穷日短，可以归矣，而犹依泊于此，岂为一官所系耶？一官无味如钓寒江之鱼，终亦无所得而已，余岂效此翁者哉！"又如李商隐《乐游原》："向晚意不适，驱车登古原。夕阳无限好，只是近黄昏。"诗人把他的身世迟暮之悲、家国沉沦之痛，一并融入了黄昏意象之中。

当然，巧妙的比拟也并非都能取得含而不露的效果。朱庆馀《近试上张籍水部》："洞房昨夜停红烛，待晓堂前拜舅姑。妆罢低声问夫婿，画眉深浅入时无。"诗人以新婚女子的忐忑，来比喻自己应试前的紧张与不安，可谓精妙至极，但与此同时，诗歌的主旨也是一览无余。朱庆馀另有《宫中词》："寂寂花时闭院门，美人相并立琼轩。含情欲说宫中事，鹦鹉前头不敢言。"宫女们在鹦鹉面前，连聊天都战战兢兢地，她们生活环境之恐怖就可想而知了。《唐诗笺注》："此诗可作白圭三复，而宫中忧谗畏讥，寂寞心事，言外味之可见。"《宫中词》的"言外味"，远多于《近试上张籍水部》。《载酒园诗话又编》即说："（《宫中词》）真妙于比拟。《宫词》深妙，更在《闺意》之上。"同样运用了比拟，《宫中词》的描述在于点到即止，引而不发，留下更多的回味空间，这也就是《诗品》所强调的"如渌满酒，花时返秋"。

宋代以来，人们多含蓄为余味无穷，如姜夔《白石道人诗说》："语贵含蓄。东坡云言有尽而意无穷者，天下之至言。句中无余字，篇中无长语，非善之善者也；句中有余味，篇中有余意，善之善者也。”对于《诗品》所说的“不著一字，尽得风流”，许多学者也理解为不说透，不说尽。如杨振纲《诗品解》解释“语不涉己，若不堪忧”两句时说：“不必极言患难，而读者已不胜忧愁，盖由神气之到，真宰存焉，不在铺排尽说也。”无名氏《皋兰课业诗品解》解题说：“此言造物之功，发泄不尽，正以其有含蓄也。若浮躁浅露，竭尽无余，岂复有宏深境界，故写难状之景，仍含不尽之情，方得温柔敦厚之遗旨耳。”“状难写之景，如在眼前；含不尽之意，见于言外”（欧阳修《六一诗话》），确实是一种含蓄，但作者所强调的表现方法，主张“浅深聚散，万取一收”，即将无限的情感收纳其中而只展露冰山一角。《诗品》重点强调的是“守”而不是“放”，如陆时雍所言：“善言情者，吞叶浅深，欲露还藏，便觉此中无限。”（《诗镜总论》）。

示例

晚泊浔阳望庐山

孟浩然

挂席几千里，名山都未逢。
泊舟浔阳郭，始见香炉峰。
尝读远公传，永怀尘外踪。
东林精舍近，日暮空闻钟。

清代以来，真正使司空图《二十四诗品》声名远扬的是清代著名批评家王士禛。四库全书《精华录》提要说：“当我朝开国之初，人皆厌明代王（世贞）、李（攀龙）之肤廓，钟（惺）、谭（元春）之纤仄，于是谈诗者竞尚宋元。既而宋诗质直，流为有韵之语录；元诗缛艳，流为对句之小词。于是士禛等以清新俊逸之才，范水模山，批风抹月，倡天下以‘不著一字，尽得风流’之说，天下遂翕然应之。”在清初质直之风甚嚣尘上的时候，王士禛曾标举“不著一字，尽得风流”而扭转了恶习。至于什么是“不著一字，尽得风流”，王士禛在《分甘余话》卷四中指出，李白的诗《夜泊牛渚怀古》和孟浩然的诗《晚泊浔阳望庐山》两首，正是典型的范例。这两首诗的诗意好比羚羊挂角，隐藏在一片玲珑凑泊之中，作者没有明说，读者只能靠自己去体悟。这种兴象超诣、浑圆无迹的诗境，也正是司空图曾经宣扬的“诗与境偕”。

李白的《夜泊牛渚怀古》大约作于开元十五年(727)秋，其诗为：“牛渚西江夜，青天无片云。登舟望秋月，空忆谢将军。余亦能高咏，斯人不可闻。明朝挂帆席，枫叶落纷纷。”牛渚就是著名的采石矶，东晋的袁宏因月下在此吟诗，得到谢尚的赏识提拔。李白途径此地，想起这段佳话，不禁生发出诸多感喟。他多么希望能碰见一个如谢尚将军那样慧眼识英才的知音，可终是奢望而已。虽然诗人主要表达的是他自己的怀才不遇之寂寞凄清，全诗却写得不粘不脱，有一种悠然不尽的神韵。故杨逢春

《唐诗绎》卷七说："七八又从题后扬开，烟波万顷，想夜泊时景与情会，忽触无限感慨，忽又扬如空际。一片化机，出以挥洒，即青莲亦是偶然神到之作。"

孟浩然《晚泊浔阳望庐山》写他漫游吴越后，自越州返回襄阳途中经过九江时的感触。孟浩然此行，本来颇为失望。夜泊庐山，眺望香炉峰，似乎听见东林精舍传来的钟声，顿时忆起曾隐居此地的高僧慧远，心中涌出企慕之情。相比起李白的《夜泊牛渚怀古》，孟浩然的这首诗更为空灵。李白诗中明确说道"余亦能高咏，斯人不可闻"，直接表露了艳羡和失落的情绪；孟浩然则只是点到为止，通过赞叹慧远超然尘外的情怀表达了他的人生旨趣。因此，孟浩然这首诗最突出的特征，应该是格高意远。《岘佣说诗》："五律有清空一气，不可以炼句炼字求者，最为高格。如襄阳'挂席几千里'，所谓'羚羊挂角，无迹可求'。"这种"无迹可求"，指的是意境浑成，不可"寻枝摘叶"。至于他的情怀，其实还是露出了痕迹。

宋·夏圭《松溪泛月图页》

含蓄

悠悠空尘，忽忽海沤。浅深聚散，万取一收。
是有真宰，与之沉浮。如渌满酒，花时返秋。
不著一字，尽得风流。语不涉己，若不堪忧。

豪　放

观花匪禁，吞吐大荒。①
由道返气，处得以狂。②
天风浪浪，海山苍苍。③
真力弥满，万象在旁。④
前招三辰，后引凤凰。⑤
晓策六鳌，濯足扶桑。⑥

注释

① 观花：赏花，一说为“观化”，即观察造化。匪，同“非”。《诗经・卫风・木瓜》：“匪报也，永以为好也。”禁，禁止。吞吐，聚散，出纳。陶翰《乘潮至渔浦作》：“云景共澄霁，江山相吞吐。”大荒，旷野。李白《渡荆门送别》：“山随平野尽，江入大荒流。”这两句说，尽情赏花而不受拘束，胸怀博大而吞吐山川。

② 狂：疏放。白居易《寻春题诸家园林》：“天供闲日月，人借好园林。渐以狂为态，都无闷到心。”杨廷芝《诗品浅解》：“由道返气，言气集义而生，豪之所由来也。处得以狂，言其实有所得，则自狂也。由道返气，就内言；处得以狂，就外言。”这两句说，将悟出的自然之道，化育为元气贮存胸中，会心时就能进入无拘无束的自由创作状态。

③ 天风：横行天空之风。《饮马长城窟行》："枯桑知天风，海水知天寒。"这两句摹写豪放的气象，如天外之风，飒飒不止；如海中高山，苍茫无涯。

④ 真力：本原之力。这两句说，诗人真力充满于胸中，豪气激荡于天地，万象都仿佛呈现在眼前。

⑤ 三辰：日、月、星。这两句说，这种豪气，可以随手招来日、月、星三辰，作为前导；可以顺心如意招来凤凰，作为殿后。

⑥ 六鳌：古代神话中负载海上大山的六只大海龟，《列子·汤问》："龙伯之国有大人，举足不盈数步而暨五山之所，一钓而连六鳌，合负而趣归其国。"扶桑，神话中的神树，生长在太阳升起的地方。这两句说，旭日初升，乘着六鳌，直达扶桑，振衣濯足。

品读

东晋诗人陶渊明的诗风以平淡自然著称，但朱熹却认为他为人另有豪放的一面，在《朱子语类》中他曾这样评述："陶渊明诗，人皆说是平淡，据某看他自豪放，但豪放得来不觉耳。其露出本相者，是《咏荆轲》一篇，平淡底人，如何说得这样言语出来?"陶渊明的《咏荆轲》渲染了荆轲刺秦的慷慨与悲壮："燕丹善养士，志在报强嬴。招集百夫良，岁暮得荆卿。君子死知己，提剑出燕京；素骥鸣广陌，慷慨送我行。雄发指危冠，猛气冲长缨。饮饯易水上，四座列群英。渐离击悲筑，宋意唱高声。萧萧哀风逝，淡淡寒波生。商音更流涕，羽奏壮士惊。心知去不归，且有后世名。登车何时顾，飞盖入秦庭。凌厉越万里，逶迤过千城。图穷事自至，豪主正怔营。惜哉剑术疏，奇功遂不成。其人虽已没，千载有余情。”此诗把荆轲义无反顾的情怀展露无余，千载之下，仍可想见其萧飒悲慨之气，陶渊明的凌云壮志也寄寓其间，如龚自珍所言：“陶潜诗喜说荆轲，想见《停云》发浩歌。吟到恩仇心事涌，江湖侠骨恐无多。”（《己亥杂诗》）

朱熹认为豪放的人才能写出豪迈奔放的诗篇，正表明豪放的诗风来自豪放的胸襟。“观花匪禁，吞吐大荒。由道返气，处得以狂”，所强调的正是这一点。豪放风格的形成，除了开阔的胸襟和饱满的激情外，还需要丰富的想象力，即眼界必须阔达。所谓“天风浪浪，海山苍苍”，所谓“前招三辰，后引凤凰，晓策六鳌，濯足扶桑”，都意在说明诗人应该有一种叱咤风云、睥睨天下的气概。刘勰《文心雕龙·神思篇》说：“文之思也，其神远矣。故寂然凝虑，思接千载；悄焉动容，视通万里。吟咏之间，吐纳珠玉之声；眉睫之前，卷舒风云之色：其思理之致乎。”诗人的想象必须大胆，要挣脱一切束缚和羁绊，这样才能写出瑰丽的诗篇。王之涣《凉州词》：“黄河远上白云间，一片孤城万仞山。羌笛何须怨杨柳，春风不度玉门关。”有学者考证，首句应该是“黄沙远上白云间”，因为用“黄沙”替代“黄河”更为准确地反映了凉州以西至玉门关的地理环境和气候状况，而黄河与凉州没有关联。但诗歌的生命力在于富有想象，“黄沙远上白云间”也许更符合实际，却全无美感和诗意。杜牧诗《江南春》：“千里莺啼绿映红，水村山郭酒旗风。南朝四百八十寺，多少楼台烟雨中。”明代杨慎以为：“千里莺啼，谁人听得？千里绿映红，谁人见得？若作十里，则莺啼绿红之景，村郭、楼台、僧寺、酒旗，皆在其中矣。”“千里”改为“十里”，也许更符合生活的实际状况，却使得诗歌豪放的气势顿时衰减，变得局促卑弱。

示例

将进酒

李　白

君不见，黄河之水天上来，奔流到海不复回。
君不见，高堂明镜悲白发，朝如青丝暮成雪。
人生得意须尽欢，莫使金樽空对月。
天生我材必有用，千金散尽还复来。
烹羊宰牛且为乐，会须一饮三百杯。
岑夫子，丹丘生，将进酒，杯莫停。
与君歌一曲，请君为我倾耳听。
钟鼓馔玉不足贵，但愿长醉不复醒。
古来圣贤皆寂寞，惟有饮者留其名。
陈王昔时宴平乐，斗酒十千恣欢谑。
主人何为言少，径须沽取对君酌。
五花马，千金裘，呼儿将出换美酒，与尔同销万古愁。

孙联奎《诗品臆说》“豪放”一则解题说：“惟有豪放之气，乃有豪放之诗。若无其胸襟气概，而故为豪放，其有不涉放肆者鲜矣。太白《将进酒》、少陵《丹青引》著篇，试一披读，当得其大略。”李白《将进酒》写其酣歌纵饮，旁若无人，气势纵横捭阖，历来被视为豪放的典范。“太白此歌豪放极矣。”（《古唐诗合解》）“太白此歌，最为豪放，才气千古无双。”（《而庵说唐诗》）《将进酒》这种淋漓酣畅的风格，正是李白豪情的显露，所以严羽说：“一结豪情，使人不能句字赏摘。盖他人作诗用笔想，太白但用胸口一喷即是。”（《李太白诗集》引）奔放热烈的豪情，倾泻在诗篇中，自然就会形成豪放的诗风。

《将进酒》之外，李白的众多诗篇如《宣州谢朓楼饯别校书叔云》之“弃我去者，昨日之日不可留；乱我心中，今日之日多烦忧”，《庐山谣寄卢侍御虚舟》之“登高壮观天地间，大江茫茫去不还；黄云万里动风色，白波九道流雪山”，《赠裴十四》之“黄河落天走东海，万里写入胸怀间”等，都是豪情一泻万里，从内心迸发。杜诗的主导风格为“沉郁顿挫”，孙联奎将《丹青引》视为豪情之作，也是因为这首诗情感饱满，兴会淋漓。诗是为画家曹霸立传，也是为曹霸鸣不平。它把曹霸不凡的身世、高超的画技与蹭蹬的遭遇一路写来，波澜迭起，浩荡纵横。翁方纲以为“如此气势充盛之大篇，古今七言诗第一压卷之作”（《王文简古诗平仄论》）。

近·傅抱石《李白观瀑图》

前招三辰，后引凤凰。晓策六鳌，濯足扶桑。

天风浪浪，海山苍苍。真力弥满，万象在旁。

观花匪禁，吞吐大荒。由道返气，处得以狂。

豪放

精　神

欲返不尽，相期与来。①
明漪绝底，奇花初胎。②
青春鹦鹉，杨柳楼台。③
碧山人来，清酒深杯。④
生气远出，不著死灰。⑤
妙造自然，伊谁与裁？⑥

注释

① 返：回归。期，约定。这两句说，诗人返归于自身精神的积累而不停止，种种意象就会如同约好一样，源源不断地到来。

② 漪（yī）：水纹。刘勰《文心雕龙》："激水不漪，槁木无阴。"徐坚《初学记》："水波如锦文曰漪。"绝，到，穷尽。初胎，花刚刚发苞。这两句说，"精神"的风采，如流水之涟漪微澜，清澈见底，如奇花之初露花蕾，生机无限。

③ 青春：春天。屈原《楚辞·大招》："青春受谢，白日昭只。"杜甫《闻官军收河南河北》："白日放歌须纵酒，青春作伴好还乡。"这两句说，"精神"的面貌，如春光明媚时，杨柳掩映，池台偶露，鹦鹉婉转啼鸣。

④ 碧山：青山。李白《山中答问》："桃花流水窅然去，

别有天地非人间。”清酒，清醇的酒。李白《行路难》：“金樽清酒斗十千，玉盘珍羞直万钱。”深杯，满杯。杜甫《乐游园歌》：“数茎白发那抛得，百罚深杯亦不辞。”这两句说，雅士到访青山，与诗人对饮美酒。

⑤ 生气：生机。《礼记·月令》：“生气方盛，阳气发泄，句者毕出，萌者尽达。”远出，无远不达。死灰，冷却不再燃烧的灰烬，比喻已经丧失生机。《庄子·齐物论》：“形固可使如槁木，而心固可使如死灰乎?”白居易《梦旧》：“别来老大苦修道，炼得离心成死灰。”这两句说，满眼生机盎然，丝毫没有死气沉沉的样子。

⑥ 伊：语助词。《诗经·小雅·正月》：“伊谁云憎。”《尔雅·释诂》：“伊，维也。”裁，裁定。杨廷芝《诗篇浅解》：“此自然之妙用，造于化境，而人力不与，伊谁得而裁之。”这两句说，这种富有生机的诗篇是自然浑成的，他人无法妄加指责评判。

品读

精神，本意是指天地万物的灵气。《礼记·聘义》说：“气如白虹，天也。精神见于山川，地也。”在文学风格方面，所谓富有精神，就是要求作品生机流动，神完气足，全无萎靡之态。前人论诗，一般强调诗歌要以理为主导，以意为核心。不过无论是“理”还是“意”，它们都必须通过“气”才能充分展示出来。清人钱泳在《履园谭诗》中说：“诗文家俱有三足，言理足、意足、气足也。……理与意皆辅气而行，故尤以气为主。有气则生，无气则死。”对于《诗品》这里的“欲返不尽”之“返”，我们就应该同前面所说的“由道返气”“乘月返真”

联系起来。对于诗人而言，只有返归到本真状态，充溢生生不息、永无穷尽的活力，他的灵感就会往而复来，来而复往，源源不断。作品的生气，是由作家的精神所灌注的。孙联奎《诗品臆说》在解释“生气远出，不著死灰”两句时，发挥道：“精神满腹，自然生气勃勃；生气勃勃，何处得著死灰。果能聚精会神，文字岂有死木槁灰者。”

文字的活力，源于作家的精神饱满。诗人神完气足之时，他的这种精、气、神如何展现出来呢？自然是眼前绚丽的景色。“阳春召我以烟景，大块假我以文章”（李白《春夜宴桃李园序》）。微波荡漾的春水，含苞欲放的花蕾，卖弄歌喉的小鸟，无不在感发诗人。诗人意到笔随，将眼前景、心中情，全盘托出，不见一丝造作痕迹，故郭绍虞《诗品集解》总结说，“这六句（明漪绝底，奇花初胎。青春鹦鹉，杨柳楼台。碧山人来，清酒满杯。）都说明精神之流露，有待于时地环境之激发。牡丹虽好，也须绿叶扶持，此即上文‘相期与来’之意”。当自然界的蓬勃生机被生发出来时，诗人的激情也会被引发出来。李白诗《山中与幽人对酌》有云：“两人对酌山花开，一杯一杯复一杯。我醉欲眠卿且去，明朝有意抱琴来。”幽人入山，与友人对坐，细看山花烂漫，豪情自然不可控勒，美酒接连不停饮下。山花之笑容，与雅士之恣肆，相映成趣，可谓景、情浑然交融，人、物生意活泼，精神迸露。清人刘宏煦《唐诗真趣编》赏析道：“此诗写对幽人，情致栩栩欲活。言我意中惟幽人，幽人意中惟我，相对那能不酌？酌而忽见山花，便似此花为我两人而开者，意投神洽，杯难离手，故不觉陶然至醉也。‘我醉欲眠卿且去’固是醉中语，亦是幽人对幽人，天真烂漫，全忘却形迹周旋耳。幽意正浓，幽兴颇高，今日之饮，觉耳中不闻雅调，空负知音，大是憾事，君善琴，明日肯为我抱来一弹，才是有意于我。两个幽人何等缠绵亲切。”

当诗人的情感完全与眼前景色相融合时，他所写出的诗篇就是妙手天成，就容不得他人置喙。杨振纲《诗品解》说：“诗有作诗、描诗之别。描诗者，绳尺步趋，只随人作生活，那里得有精神。譬如三馆楷法，非不细腻妥帖，然欲求一笔好处，底死莫有也。”许多诗作绘景不可不谓细腻，体物不可不谓妥帖，读来却往往全无兴味，就在于其间没有精神，不能自出机杼。

示例

绝句四首

杜　甫

堂西长笋别开门，堑北行椒却背村。
梅熟许同朱老吃，松高拟对阮生论。

欲作鱼梁云复湍，因惊四月雨声寒。
青溪先有蛟龙窟，竹石如山不敢安。

两个黄鹂鸣翠柳，一行白鹭上青天。

窗含西岭千秋雪，门泊东吴万里船。

药条药甲润青青，色过棕亭入草亭。
苗满空山惭取誉，根居隙地怯成形。

这组诗写于唐代宗广德二年（764），当时安史之乱已经平定，诗人定居在成都草堂，生活安宁，心情愉悦，于是写下了这些明丽清新之作。第一首绘草堂四周之景，堂西有竹笋，堑北有行椒，园中有梅子，堂前有松树，还有老友朱老、阮生一同高谈阔论。第二首绘浣花溪边之景，雨后的四月，溪水上涨，连鱼梁也无法安置，溪边的竹石都被激流冲刷得摇摇晃晃。第三首写诗人草堂眺望之远景。第四首绘药圃之景，药草郁郁葱葱，绿色连成一片，棕亭与草亭都掩映在其间。

杜甫的这组诗，动静结合，声形兼具，极富情趣，其中尤其以第三首为人称道，孙联奎《诗品臆说》云："文字不自然，精神不振故也，精神自能入妙。余尝爱杜诗'两个黄鹂'绝句一首，无一字不精神，无一句不自然。通首摸之有棱，掷地有声，又浑融无迹，则诚妙造自然，而不容人裁正者也。'精神'二字可不亟讲哉。"这《绝句四首》之三，确实可以视为"精神"一品的典范，诗人写草堂春色，翠柳飘拂，黄鹂欢鸣，天青云淡，白鹭遨游，高山隐约，积雪闪烁，大河前横，巨舟暂止，真正是生机横溢。这幅咫尺万里的山水画卷，正是杜甫胸襟的展示。程大昌《演繁露》卷四因此感叹："诗思丰狭，自其胸中来。若思同而句韵殊者，皆象其人，不可强求也。张祜送人游云南，固尝张大其境矣，曰‘江连万里海，峡入一条天’。至老杜则曰‘窗含西岭千秋雪，门泊东吴万里船’，又曰‘路经滟滪双蓬鬓，天入沧浪钓舟’，以较祜语，雄伟而又优裕矣。”

宋·《梨花蛱蝶图》

生气远出，不著死灰。妙造自然，伊谁与裁？

青春鹦鹉，杨柳楼台。碧山人来，清酒深杯。

欲返不尽，相期与来。明漪绝底，奇花初胎。

精神

缜　密

是有真迹，如不可知。①
意象欲生，造化已奇。②
水流花开，清露未晞。③
要路愈远，幽行为迟。④
语不欲犯，思不欲痴。⑤
犹春于绿，明月雪时。⑥

注释

① 真迹：真实存在生活中的事物迹象。这两句说，“缜密”一类作品，本来反映的是生活中真实存在的事物，但两者的联系并不是一目了然的。

② 意象：诗人在作品中所塑造的文学形象。造化，化育万物的大自然。这两句说，当诗人所塑造的形象意境将要形成时，造物主都会为此而惊奇。

③ 晞（xī）：干，干燥。《诗经·秦风·蒹葭》：“蒹葭凄凄，白露未晞。”《乐府诗集·平调曲·长歌行》：“青青园中葵，朝露待日晞。”这两句说，“缜密”的风范，如水之流，迂曲回环而略无间断；如花之开，一片生意而自然而然；如晶莹之清露，滚走于花草叶端。

④ 要路：重要的道路，主要通道。郭震《野井》：“凿处若教当要路，为君常济往来人。”幽行，行走于幽僻之

处。迟，迟缓。这两句说，在紧要的通道上，越走远越不敢放松；在幽深的小道上，当边走边慢慢欣赏路边的风光。

⑤ 犯：抵触，触犯。痴，呆滞。这两句说，语意要避免重复繁复，思路要避免板结呆滞。

⑥ 春：春天。绿，绿色。明月雪时，谢灵运《岁暮》："明月照积雪，朔风劲且哀。"杨廷芝《诗品浅解》："春于绿，万物一色，种种有迹，缜固由密而得；明月雪时，'月''雪'两物，上下交融，密亦由缜而来。无缜非密，亦无密非缜，是又不第不犯不痴而已。"这两句说，春风吹绿大地，有何行迹可言？明月映照积雪，只见一片玲珑。

品读

缜密，即细致周密，最初应该是指针线细密，在诗歌创作方面一般理解为描写细致。当然，描写细致未必就是缜密。南朝诗人谢朓以绘景细腻著称，清初诗人王士禛《论诗绝句》说："青莲（李白）才笔九州横，六代淫哇总废生。白纻青山魂魄在，一生低首谢宣城（谢朓）。"李白之所以为谢朓所倾倒，即在于谢朓诗之绘景清新细致。谢朓绘景的名章迥句，总能引起李白的共鸣。如李白曾有诗《金陵城西楼月下吟》"月下沉吟久不归，古来相接眼中稀。解道澄江净如练，令人长忆谢玄晖（谢朓）"，就是对谢朓诗《晚登三山还望京邑》的追慕："灞涘望长安，河阳视京县。白日丽飞甍，参差皆可见。余霞散成绮，澄江静如练。喧鸟覆春洲，杂英满芳甸。去矣方滞淫，怀哉罢欢宴。佳期怅何许，泪下如流霰。有情知望乡，谁能鬒不变？"谢朓此诗，为他出任宣城太守时所写，将其傍晚登上三山遥望京城和大江所见之景刻画得异常生动细致，真可谓纤毫毕现。

作为“永明体”的代表诗人，谢朓诗歌成就的巨大是毋庸置疑的，历来人们多称赞他开五言律诗之先河，为古体诗向近体诗转换的关键人物之一，“辅嗣《易》行无汉学，玄晖诗变有唐风”（赵师秀《秋夜偶书》）。不过，谢朓这些绘景的名句过于醒目，甚至远远脱离了整首诗的限制，不免有喧宾夺主的气势，给人暴露出了剪裁的痕迹。钟嵘《诗品》说：“其源出于谢混，微伤细密，颇在不伦。一章之中，自有玉石，然奇章秀句，往往警遒，足使叔源失步，明远变色。善自发诗端，而末篇多踬，此意锐而才弱也，至为后进士子之所嗟慕。”钟嵘指出谢朓之诗往往开端好，结尾力量不足，其实根本的原因还是在于中间的描写过于用力，即所谓“微伤细密，颇在不伦”。

缜密与细密的差异究竟有哪些不同呢？孙联奎在对司空图《诗品》“缜密”解题时说：“美人细意熨帖平，裁缝灭尽针线迹，斯缜密也。为诗而求缠绵周致，则不束不疏，便如薛夜来之神针，暗中摩挲，亦无疏漏处矣。”孙联奎认为，除了描写细密之外，缜密还要求诗歌没有疏漏，即章法严密，只是章法上的严密看起来没有任何痕迹。在这里，他应用了一个绝妙的比喻来加以说明。薛夜来为曹丕所幸美人，以针工娴熟闻名，王嘉《拾遗记》载：“夜来妙于针工，虽处于深帏重屋之中，不用灯火之光，裁制立成……宫中号曰‘针神’。”孙联奎指出，薛夜来的真正神奇地方，不是她的舞针飞线，而是“灭尽针线迹”，即裁缝之后做到了天衣无缝，这就是司空图《诗品》所强调的“是有真迹，如不可知”。

示例

江南曲·其三

储光羲

日暮长江里，相邀归渡头。
落花如有意，来去逐船流。

韦应物有诗《寄全椒山中道士》：“今朝郡斋冷，忽念山中客。涧底束荆薪，归来煮白石。欲持一瓢酒，远慰风雨夕。落叶满空山，何处寻行迹。”有学者认为这首诗正好诠释了“缜密”的意境，这其实是一种误解。韦应物的这首诗妙得天工，“无烟火气，亦无云雾光，一片空明，中涵万象”（《茧斋诗谈》），但整首诗恬淡的诗意是通过点染而烘托出来的，写得极为空灵冲淡，而“缜密”的境界要求秾丽细密，如“水流花开，清露未晞”“犹春于绿，明月雪时”，灿烂绚丽而又浑成自然。储光羲的这首《江南曲》，写江南艳情，极为秾丽，青年男女的嬉笑声与江面的浆声似乎就回荡在耳旁，整首诗洋溢着欢悦热烈的氛围。诗歌的巧妙之处，在于做到了“艳而不亵”（沈德潜《唐诗别裁》），把男女的相悦爱恋之情，用落花对船依恋之状展示出来了。

储光羲的另一首诗《钓鱼湾》也备受人称道："垂钓绿湾春，春深杏花乱。潭清疑水浅，荷动知鱼散。日暮待情人，维舟绿杨岸。"诗中"潭清疑水浅，荷动知鱼散"两句体物细致。描写真切，自是千古名句，但与前面所引谢朓"余霞散成绮，澄江静如练"等诗句不同的是，储光羲的这两句很好地融入了整首诗中，它表面上细腻地描绘出了垂钓的场景，实际上依然在烘托垂钓者心有旁骛，焦急等待情人出现的心理，与"春深杏花乱"所描绘出的春天带给垂钓者那种蠢动不安的情绪是一致的，都是为情人久久没有出现做铺垫。杨廷芝在《诗品浅解》说："缜，缕也，结也。密，稠也，秘也。缜现而密隐。"就储光羲的《钓鱼湾》诗而言，春日垂钓的场景自然是显露出来了密密针线，而垂钓者春日忐忑不安的情怀，就应该是隐藏其间的隐线。这首诗写幽会，真正做到了"语不犯"而"思不痴"。

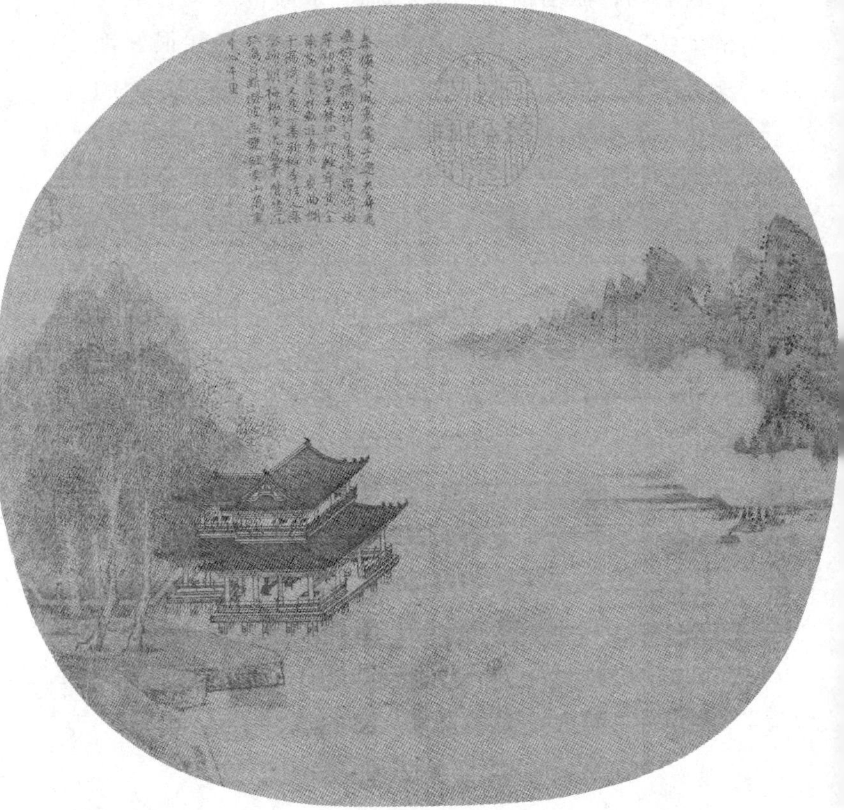

宋·王诜《玉楼春思图》

缜密

是有真迹，如不可知。意象欲生，造化已奇。
水流花开，清露未晞。要路愈远，幽行为迟。
语不欲犯，思不欲痴。犹春于绿，明月雪时。

疏野

惟性所宅，真取弗羁。①
控物自富，与率为期。②
筑室松下，脱帽看诗。③
但知旦暮，不辨何时。④
倘然适意，岂必有为。⑤
若其天放，如是得之。⑥

注释

① 惟：只有。《尚书·舜典》：“惟明克允。”性，性情。宅，顺应。《尚书·康诰》：“亦惟助王宅天命，作新民。”真，率真。羁，拘束。这两句说，诗人创作要顺应自己的性情，不受拘束地去选取素材。

② 控：控御。《诗经·郑风·大叔于田》：“抑磬控忌。”毛传：“骋马曰磬，止马曰控。”率，率真。期，约定。这两句说，诗歌的创作素材十分丰富，选取时要与诗人的真率性质相吻合。

③ 脱帽：此为不拘礼俗之意，古人在正式场合均须著帽。杜甫《饮中八仙歌》：“张旭三杯草圣传，脱帽露顶王公前。”李白《扶风豪士歌》：“脱吾帽，向君笑，饮君酒，为君吟。”两句具体描写疏野之状：可以随心所欲筑屋于青松之下，也可以脱帽露顶，悠然读诗。

④ 时：时世，时代。陶渊明《桃花源记》：“自云先世避秦时乱，……乃不知有汉，无论魏晋。”一说时为岁时，季节。《孟子·梁惠王上》：“斧巾以时入山林。”这两句说，疏野之人不关注世事，只是委运乘化，以尽天年。

⑤ 倘然：倘若。这两句说，何必一定要有明确的目的呢？顺从内心指引，悠然自得就可以了。

⑥ 天放：放逸自然。《庄子·马蹄》：“彼民有常性，织而衣，耕而食，是谓同德，一而不党，命曰天放。”成玄英疏：“直置放任，则物皆自足，故名天放。”如是，如此。《孟子·梁惠王上》：“诚如是也，民归之。”杨廷芝《诗品浅解》：“天放，天然放浪也。如是得之，言是乃得乎疏野之宜然。”这两句说，只有放任诗人的天性，才能获得疏野的真义。

品读

疏野的核心是真率，对于这一点，历来的诠释者众口一词，毫无异议。无名氏《皋兰课业诗品解》解题“疏野”说：“此乃真率一种。”杨廷芝《诗品浅解》：“脱略谓之疏，真率谓之野。疏以内言，野以外言。”孙联奎《诗品臆说》云：“疏野，谓率真也。”但真率所展示出来的外在形式却并非一定是疏野，也有可能是旷达、自然等。因此，司空图《诗品》接下来从不同层面对疏野进行了描述，其中“筑室松下，脱帽看诗”尤为生动地诠释了疏野意境最本质的特征。“脱帽”作为一种对礼仪规范最醒目的叛逆形式，说明“疏野”者首先必须具备一颗不羁的心灵，而当他们顺从内心的指引，把自己的天性全然释放时，就会自然而然地回到旷野之中，因为只有在那里，他们自由的灵魂才可能尽情地飞舞，故而对于“疏野”这一艺术风格而言，它所要求的就是将诗人纯朴的天性释放在大自然中。

具体而言，具备“疏野”风味的诗篇，既要展露诗人不羁的情怀，又要体现对大自然由衷的喜爱。也就是说，“疏野”的诗人在“脱帽看诗”的同时，往往会“筑室松下”。杨廷芝《诗品浅解》说：“按疏非疏略之疏，乃疏落之疏；野非野俗之野，乃旷野之野。所谓源水桃花，时时迷路，深山桂树，往往逢人。不知此种境界而但曰疏野，则疏矣，野矣。”杨廷芝强调说，疏野是疏落与旷野的组合，而非疏略与野俗的集聚。“疏”是不拘于礼俗而非全然不失礼俗，因此“野”是有野趣而非粗野。东晋诗人陶渊明是著名的“脱帽”者。《宋书·陶潜传》：“郡将候潜，值其酒熟，取头上葛巾漉酒，毕，还复著之。”陶渊明用头巾来过滤酒，是因为他对酒的欢喜压倒了对礼仪的遵从，所以过滤完毕后，他照旧将头巾戴上。这与诸阮之“与猪共饮”者纵情任性终究不同，后者往往是在用自己的行为展示他们对世俗礼仪的蔑视，而陶渊明却只是情之所至。

唐初诗人王绩，诗风在当时独树一帜。翁方纲曾形容他“以真率疏浅之格，入初唐诸家中，如鸾凤群飞，忽逢野鹿，正是不可多得也”（《石洲诗话》）。王绩诗风的真率，正是有意学习陶诗的结果，如他的名作《野望》：“东皋薄暮望，徙倚欲何依。树树皆秋色，山山唯落晖。牧人驱犊返，猎马带禽归。相顾无相识，长歌怀采薇。”但王绩终究与陶渊明不同，他不能安于田园的生活，他心中充溢着愤激的情怀，这使得他始终无法在“旷野”中寻觅到适意的感受，他对陶渊明的学习只是停留在诗风方面而没能继承其精神。如他的《田家三首》：“阮籍生涯懒，嵇康意气疏。相逢一醉饱，独坐数行书。小池聊养鹤，闲田且牧猪。草生元亮径，花暗子云居。倚床看妇织，登垄课儿锄。回头寻仙事，并是一空虚。家住箕山下，门枕颍川滨。不知今有汉，唯言昔避秦。琴伴前庭月，酒劝后园春。自得中林士，何忝上皇人。平生唯酒乐，作性不能无。朝朝访乡里，夜夜遣人酤。家贫留客久，不暇道精粗。抽帘持益炬，拔箦更燃炉。恒闻饮不足，何见有残壶。”诗中流露了一种混世的情绪，这与“疏野”所推崇的“天放”“适意”有着很大的不同。

示例

漫成二首

杜　甫

野日荒荒白，春流泯泯清。
渚蒲随地有，村径逐门成。
只作披衣惯，常从漉酒生。
眼前无俗物，多病也身轻。

江皋已仲春，花下复清晨。
仰面贪看鸟，回头错应人。
读书难字过，对酒满壶频。

近识峨眉老，知予懒是真。

春日融融，春水漫漫，青蒲遍地，小径随心，诗人披衣而出，见酒即饮，哪怕此时身体多病也毫无忌讳。诗人之所以有轻松自如之感，是因为眼前无俗物，无俗事，无俗人，总是一派天机，无须劳神费力去周旋酬酢。这里的“俗物”，是指俗人。《世说新语》记载，嵇康、阮籍与山涛在竹林酣饮，王戎凑了过来，阮籍说：“俗物又来了，败坏了我们喝酒的兴致。”这首诗写杜甫的老杜避俗之念。下一首写诗人的适性之想，不仅诗风淡然，酷似陶诗，其生活意趣也完全一致。仲春时节，江边高地，诗人仰头追逐鸟儿的身影，对旁人的招呼漫不经心；清晨对花而坐，身边惟有一壶酒、一本书相伴，酒随性而饮，书不求甚解。

王夫之《唐诗评选》：“杜诗情事朴率者惟此，自有风味。过是则‘鹅鸭宜长数’ ‘汁拙无衣食’ ‘老翁难早出’一流语，先已自堕尘上，非但‘学之者拙，似之者死’也。杜又有一种门面摊子句，往往取惊俗目。如‘水流心不竞，云在意俱迟’，装名理为腔壳；如‘致君尧舜上，再使风俗淳’，摆忠孝为局面：皆此老人品、心术、学问、器量大败缺处。或加以不虞之誉，则紫之夺朱，其来久矣。《七月》《东山》《大明》《小毖》，何尝如此哉！”杜诗诸多名句是否为装名理、装门面另当别论，但诸如《漫成二首》朴素而具风味，把疏野之风展露无余，则是毫无疑义的。

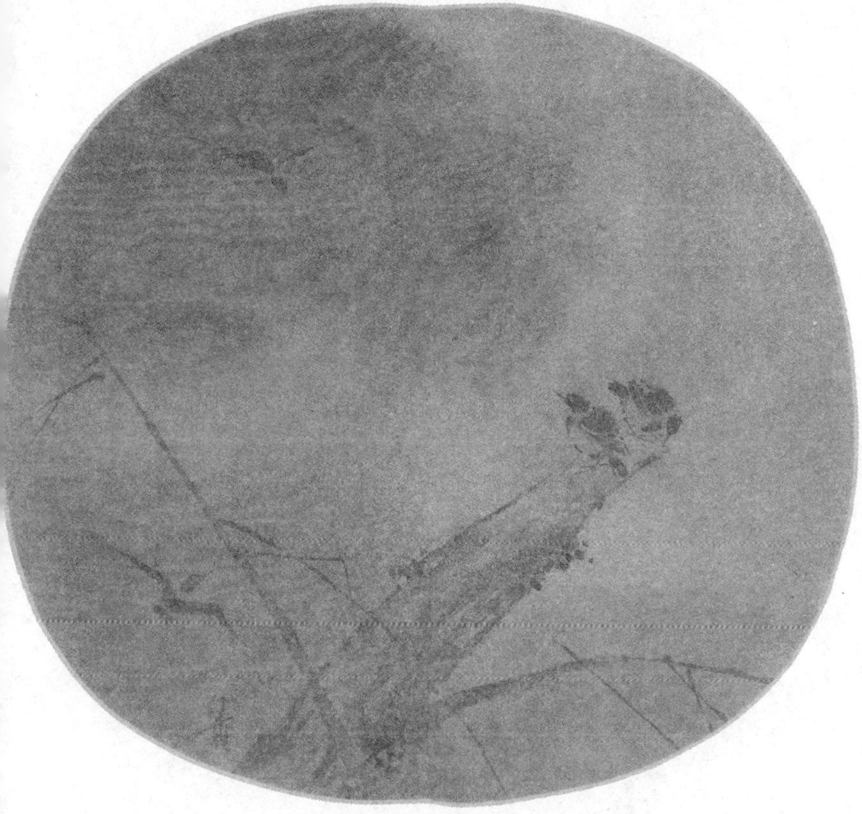

宋·梁楷《疏柳寒鸦》

惟性所宅，真取弗羁。控物自富，与率为期。
筑屋松下，脱帽看诗。但知旦暮，不辨何时。
倘然适意，岂必有为。若其天放，如是得之。

疏野

清　奇

娟娟群松，下有漪流。①
晴雪满汀，隔溪渔舟。②
可人如玉，步屧寻幽。③
载瞻载止，空碧悠悠。④
神出古异，淡不可收。⑤
如月之曙，如气之秋。⑥

注释

① 娟娟：清秀美好的样子。韦应物《晓至园中忆诸弟、崔都水》："山郭恒悄悄，林月亦娟娟。"漪，水之波纹。这两句说，在娟秀的群松下，有清澈蜿蜒的溪流。

② 晴雪：阳光下的积雪。杜甫《谒真谛寺禅师》："冻泉依细石，晴雪落长松。"汀，水边平地。马戴《浙江夜宿》："落帆人更起，露草满汀州。"这两句说，绿洲上覆盖着积雪，在阳光下闪烁；澄净的溪水边，停泊着一叶渔舟。

③ 可人：有长处可取的人。《礼记·杂记下》："其所与游辟也，可人也。"孔颖达疏："可人也者，谓其人性行是可堪之人也，可任用之。"屧（xiè），鞋子的木底。步屧，行走。杜甫《遭田父泥饮美严中丞》："步屧随春风，村村自花柳。"寻幽，探寻幽境。施肩吾《及第后夜访月仙子》："自喜寻幽夜，新当及第年。"这两句说，俊逸之人丰神俊

朗，他缓步徐行，探访幽境。

④ 载：语助词。瞻，看。空碧，澄澈。权德舆《晓》："稍稍曙光开，片帆在空碧。"这里形容山色，一说形容天空。这两句接着上面写道，玉人边走边看，只见青山苍翠，悠悠无极。

⑤ 神：神情。出，显露。古异，高古奇特。收，聚合。即寻幽之人神情高远，恬淡得无法描绘。一说，神为神奇，收为收效。

⑥ 曙：日月初离海上时之光。两句总论"清奇"境界：如破晓的月色一样明净，如秋天的清气一样高爽。

品读

清为清新，奇为奇妙，清奇的意境自然是既要清新又要奇妙。不过，许多学者太过专注于"神出古异"的一面，简单地把"清奇"等同于别开生面，不落俗套，而忽视了"奇妙"的根本指向是"清新"，如孙联奎《诗品臆说》解题说："清，对俗浊言。奇，对平庸言。如数日阴晦，几于闷煞，忽然天开日朗，万里澄空。不惟视前日阴晦之天，为清为奇，即视往日清明之天，为尤清尤奇。奇，乃奇特，非奇怪也。放翁句云：'山重水复疑无路，柳暗花明又一村。'总于俗浊平庸中见清奇尔。"在孙联奎看来，清奇就是摆脱俗浊平庸，给人一种新奇的感受。但他所不知道的是，单纯求新求奇，并不一定就可以做到"清奇"。如在唐代诗坛上，以求新求奇著称的是韩孟诗派，他们刊落陈言，苦心积虑，自创新格，有意打破传统的写法，用奇字，造拗句，押险韵，确实做到了化腐朽为神奇，但如韩愈在《贞曜先生墓志铭》中所言，他这些作品是“刿目怵心，刃迎缕解，钩章棘句，掐擢胃肾，神施鬼设，间间层出”。

这里的贞曜先生，就是孟郊，晚唐的张为在《诗人主客图》中曾将孟郊视为“清奇僻苦主”，并举出了一些诗句：“青山碾为尘，白日无闲人。”（《大梁送柳淳先入关诗》）“食荠肠亦苦，强歌声无欢。”（《赠别崔纯亮诗》）“欲知万里情，晓卧半床月。”（《独愁诗》）这些诗句古朴凝重，道人之所未道，把内心的愁苦刻画得惊心动魄，确实能给人新奇的感受，不过诗歌意象生冷，色彩枯槁，语言艰涩，“僻苦”有余而清新不足。更重要的是，他的这些诗歌往往是精思苦吟所得，缺乏自然浑成的气象，而在不少学者看来，《诗品》所谓“神出古异”，是建立在天真自然的基础上，如杨廷芝《诗品浅解》：“神，谓神奇；古心者，自然之天真也。淡，谓平淡；不可收，犹言不得遽欲收效也。神奇出于自然之天真，则奇非可以有意求矣。凡物之有迹者可收，境之有尽者可收；淡则不著色相，不落边际，神奇之极归于平淡，平淡之至便是神奇，愈出愈奇，则不得而知其何以奇，又乌得而知其何以神耶？奇亦惟见其清光之常存耳，其可收乎？”

孟郊的诗，或正如严羽所言“读之使人不欢”；

而司空图《诗品》所追求的，却是令人神往的世界。它的意境正是由娟秀葱葱的群松、清澈潺湲的溪流、积雪覆盖的汀州、徜徉漂浮的渔舟、策杖漫步的玉人所构成的一个神仙般的世界。杨廷芝《诗品浅解》解释前四句时形容说："深涧之中，有娟娟然幽深而且远者，非群松乎？其气清，其神亦清。'流'不必定为松下所宜有，何况于'漪'？而兹乃风来松下，水面成文，若有独见其异者。竹清雪满，竹则益清；而晴雪之满乎竹，则清而又清。……靠溪见舟，何奇之有？远隔乎溪，而见夫舟之匪去匪来，或行或止，若见若不见，飘摇欲仙矣。"

因此，司空图《诗品》所谓"清奇"，核心依然是清新淡雅，它所追求的气象是风清月朗，所追求的形象是温润如玉，所塑造的意境是清冷高洁。不过"清奇"，虽然以清新为旨归，却非凄清，如柳宗元《江雪》，一派清旷孤寂，就过于清冷，缺乏生活气息；其形象自是超凡脱俗，却又非奇奇怪怪的"畸人"，而是寻幽探胜的隐者，意态悠闲的高士，风度翩翩的玉人。与司空图同时代之诗人韦庄，曾有诗《题许浑试卷》："江南才子许浑诗，字字清新句句奇。"许浑之诗如"前山风雨凉，歇马坐垂杨。何处芙蓉落，南渠秋水香"（《雨后思湖上居》）、"劳歌一曲解行舟，红叶青山水急流。日暮酒醒人已远，满天风雨下西楼"（《谢亭送别》）等，与《诗品》"清奇"意境，极为相似。

示例

盐州过胡儿饮马泉

李　益

绿杨著水草如烟，旧是胡儿饮马泉。
几处吹笳明月夜，何人倚剑白云天？
从来冻合关山路，今日分流汉使前。
莫遣行人照容鬓，恐惊憔悴入新年。

唐代边塞诗人李益，早年享受过盛唐的繁荣与安宁，成年后长期游历于各藩镇幕府，对中唐的战乱有深切的体会。建中元年（780）秋冬，他再次来到灵武，依附于朔方节度使崔宁，经过盐州（即五原，今属内蒙古）时，想到这个为大唐和吐蕃反复争夺的战场，这年春天如今终于收复，不禁感慨万端，写下此诗。笳吹月中，剑倚天外，连冰冻的泉水也温顺地流淌在大唐使臣的面前，这是何等的豪迈。可惜它是中唐边塞诗慷慨之音的绝响，此后只能听见衰飒之声了。

在张为《诗人主客图》中，中唐诗人李益被标榜为“清奇雅正主”。李益的一些诗作尤其是边塞诗，褪去危苦之词，全无悲凉之意，确实写出了新奇而清丽的感受。又如他的《塞下曲四首·其一》：“番州部落能结束，朝暮驰猎黄河曲。燕歌未断塞鸿飞，牧马群嘶遍草绿。”描绘边塞风光，颇能翻新出奇。天高云淡，鸿雁翱翔，群马欢腾，牧歌嘹亮，这一片生机勃勃的景象，全然打破了以往人们对边塞的印象。他的《诣红楼院寻广宣不遇留题》也是传统题材：“柿叶翻红霜景秋，碧天如水倚红楼。隔窗爱竹无人问，遣向邻房觅户钩。”经霜的柿叶红艳夺目，湛蓝的天空一洗如碧，红楼下的修竹摇曳可爱，诗人访友不遇，竟然去朋友邻居家借开门的工具。诗篇既自出机杼，又富有浓厚的生活气息。

宋·朱锐《溪山行旅图页绢本》

神出古异，淡不可收。如月之曙，如气之秋。
可人如玉，步屧寻幽。载瞻载止，空碧悠悠。
娟娟群松，下有漪流。晴雪满汀，隔溪渔舟。

清奇

委曲

登彼太行，翠绕羊肠。①
杳霭流玉，悠悠花香。②
力之于时，声之于羌。③
似往已回，如幽匪藏。④
水理漩洑，鹏风翱翔。⑤
道不自器，与之圆方。⑥

注释

① 太行：山名。《述征记》："太行山首始于河内，北至幽州，凡百岭，连亘十二州之界。"羊肠，狭窄迂曲的山间小道。这两句说，登上太行山，只见山势萦回盘绕，羊肠小道在绿树的环绕下，蜿蜒而伸向远方。

② 杳：幽暗深远。霭，云气。司空图《上陌梯寺怀旧僧二首》："塔影荫泉脉，山苗侵烧痕。钟疏含杳霭，阁迥亘黄昏。"流玉，清澈的流水。两句接上而写：窈冥幽深的雾霭中，晶莹的溪水如玉石般明朗，其间还伴有郁郁的花香。

③ 时：岁时，孙联奎《诗品臆说》："此句就耕耘收获说，自春而夏，自夏而秋，费多少力，经多少委曲，然后得以粒食也。"一说时机，杨廷芝《诗品浅解》："凡我之所得举，皆曰力。时，用之之时也。言力之于其用时，轻重

低昂，无不因其时之宜然。”这两句说，委曲如审时度势而用力，如羌笛因轻重疾徐而悠扬婉转。

④ 幽：深藏，《诗经·小雅·伐木》：“出自幽谷，迁于乔木。”这两句说，委曲好比是已经前往而又盘旋回转；不易发现却又非故意隐藏。

⑤ 水理：水的纹理。漩洑，漩涡。鹏风，大鹏翱翔所乘之旋风，《庄子·逍遥游》：“穷发之北，有冥海，天地也。有鸟焉，其名为鹏，背若泰山，翼若垂天之云，抟扶摇羊角而上者九万里。”两句说，委曲又如水流漩回洑转，如大鹏盘旋翱翔。

⑥ 道、器：一对哲学概念，《易·系辞》：“形而上者之谓道，形而下者之谓器。”无名氏《诗品注释》：“器，拘也。如道之通融，酬应万事，不以一器之形体自拘，惟因天下之或圆或方而与之圆方。”这两句说，诗歌所谓的委曲之境，是没有固定的形式的，是随着表达对象的不同而变化的。

品读

缜密兼指描写的细致与思维的严密，委曲也包含了行文的曲折与情绪的变换。缜密往往是隐与显的结合——细致的描写是外现的，严密的思维是内藏的；委曲也是隐与显的统一——行文的委曲如春日绕行于太行山中羊肠小道间，幽处曲径，层转层新，情绪的变换如烟云迷蒙中的流水与飘忽不定的花香，若隐若现，若有若无。因此，委曲表面上看来就是转折，但转折的形态却是多种多样的，杨振纲《诗品解》说：“文章之妙全在转者。转则不板，转则不穷。如游名山，到山穷水尽处，忽又峰回路转，另有一种洞天，使人应接不暇，则耳目大快。然曲有二种，有以转折为曲者，有以不肯直下为曲者，如抽茧丝，愈抽愈有，如剥蕉心，愈剥愈出。又如绳伎飞空，看似顺手牵来，却又水被风飏去，皆曲也。然此行文之曲耳。至于心思之曲，则如‘遥知杨柳是门处，似隔芙蓉无路通’，又曰：‘只言花似霜，不悟有香来。’或始信而忽疑，或结疑而忽信，总以不肯直遂，所以为佳。”

委曲在外在形式上，还表现为欲说还休，欲擒故纵，即“似往已回，如幽匪藏”。这种吞吐回环，其实是为了蓄势，是为了将情感集聚起来以更有力地迸发出来。射者引弓满力，将放未放，歌者引吭高歌，将发未发，总是一派穆然沉静。元稹《行宫》“寥落古行宫，宫花寂寞红。白头宫女在，闲坐说玄宗”，字字不离行宫，句句无关宏旨，画面中只有几位年老的白发宫女在衰败的行宫聊玄宗之事，沧桑盛衰之感尽在言外，故沈德潜认为这四句已经抵得上一篇《长恨歌》，“说玄宗而不说玄宗长短，佳绝”（《唐诗别裁》）。诗歌的妙处在于点到即止，说到玄宗又没有具体去评述玄宗，“前朝盛衰，皆在‘说玄宗’三字之中”（俞陛云《诗境浅说》）。

司空图所谓“委曲”，主张心思宛曲，强调顿挫变化，却也反对凿空心思，刻意布局。水流冲激漩洑，自然生成阵阵涟漪；大鹏展翅高飞，随意翱翔：委曲也当随物赋形，不拘一格，自然而然。金昌绪《春怨》“打起黄莺儿，莫教枝上啼。啼时惊妾梦，不得到辽西”，大意为红颜少妇，因美梦为黄莺惊破而迁怒于它。诗人以曲笔写闺情，一句接一句，一气呵成，浑融无痕。“此诗有一气相生之妙，音节清脆可爱。唯梦中得到辽西、则相见无期可知，言外意须微参。不怨在辽西者之不得归，而但怨黄莺之惊梦，乃深于怨者”（《诗法简易录》）。

示例

月　夜

杜　甫

今夜鄜州月，闺中只独看。
遥怜小儿女，未解忆长安。
香雾云鬟湿，清辉玉臂寒。
何时倚虚幌，双照泪痕干。

杜甫《月夜》一诗，将委曲的笔法运用到了极致，有反笔、傍笔、伏笔、淡笔、浓笔，就是不肯直说，机轴奇绝。安史之乱爆发后，诗人被叛军俘获，押解至长安，月下思念远在鄜州（今陕西富县）的妻儿，写下此诗。在战火纷飞的时刻，杜甫尤为惦记无所傍依的亲人，但诗歌却从对面写来，不说自已思念家人，却想到妻子忧心忡忡，夜不能寐，正在牵挂自己；诗人又不直接描写妻子的孤苦与忧思，而从小孩眼中烘托出来。《岘佣说诗》解题此诗说：“诗犹文也，忌直贵曲。少陵‘今夜鄜州月，闺中只独看’，是身在长安，忆其妻在鄜州看月也。下云‘遥怜小儿女，未解忆长安’，用旁衬之笔；儿女不解忆，则解忆者独其妻矣。‘香雾云鬟’‘清辉玉臂’，又从对面写，由长安遥想其妻在鄜州看月光景。收处作期望之词，恰好去路，‘双照’紧对‘独看’，可谓无笔不曲。”

杜甫此诗虽然无笔不曲，但却没有闲笔，无一字不是从月色照应而来，无一句不是最终落到月下怀人，可谓不说透而意已显，这正是委曲的妙处。正如司空图《诗品》所描述的那样，耳听潺湲之声，自可想见溪流涓细；鼻嗅馥郁之香，自可拟想群卉芬芳。此外，刘禹锡诗《乌衣巷》“朱雀桥边野草花，乌衣巷口夕阳斜。旧时王谢堂前燕，飞入寻常百姓家”，感叹世事沧桑，荣华无常，也无一字显露，只撷取一幅金陵乌衣巷夕阳西下、燕子飞回的画面，只描写一种繁华过后尽憔悴的景象，自然将无数感慨寄寓其中，诗歌的主旨也呼之欲出：“世异时殊，人更物换，岂特功名富贵不可见，其高名甲第，百无一存，变为寻常百姓之家。……朱雀桥边之花草如旧时之花草，乌衣巷口之夕阳如旧时之夕阳，惟功臣王、谢之第宅今皆变为寻常百姓之室庐矣。”（谢枋得《唐诗绝句注解》）

宋·阎次于《山村归骑图》

委曲

登彼太行，翠绕羊肠。杳霭流玉，悠悠花香。

力之于时，声之于羌。似往已回，如幽匪藏。

水理漩洑，鹏风翱翔。道不自器，与之圆方。

实　境

取语甚直，计思匪深。①
忽逢幽人，如见道心。②
清涧之曲，碧松之阴。③
一客荷樵，一客听琴。④
情性所至，妙不自寻。⑤
遇之自天，泠然希音。⑥

注释

① 取语：选择语言。直，直质。计思，构思。这两句说，诗人所选择的语言非常朴直，构思也不繁复。

② 幽人：高雅之人。道心，道的本质，一说得道之心，司空图《即事二首》："茶爽添诗句，天清莹道心。只留鹤一只，此外是空林。"这两句说，好比是蓦然遇见隐逸高人，又好比刹那间领悟了道的精髓。

③ 曲：弯曲幽微之处。杜甫《哀江头》："少陵野老吞生哭，春日潜行曲江曲。"此两句绘景：在流水淙淙清涧之湾，在亭亭如盖青松之下。

④ 荷：扛，担。樵，木材。这两句说，一位樵夫肩挑柴薪从这里走过，一位幽人听着如琴音一般的水流声，久久不愿离去。

⑤ 自寻：刻意寻求到。韦庄《访含弘山僧不遇留题精

舍》："池竹闭门教鹤守，琴书开箧任僧传。人间不自寻行迹，一片孤云在碧天。"两句说，这种"实境"是真实性情的自然遇合，妙在不是刻意获取，即谢榛《四溟诗话》所言："诗有天玑，待时而发，触物自成，虽幽寻苦索，不易得也。所谓'尽日觅不得，有时还自来。'"

⑥ 天：天然，自然。泠然，清妙的样子，《庄子·逍遥游》："夫列子御风而行，泠然善也。"希音，极细微的声音，《老子》："大音希声，大象无形。"孙联奎《诗品臆说》："此复申明上二句，而以余音收之。诗无强作之理，强作何能入妙？遇之自天，天者，情性，所至遇之，妙在不是自寻。"这两句说，诗人任情适性，触物感怀，所遇纯是一片天机，犹如天籁从遥远的虚空而至。

品读

"实境"是与"含蓄""委曲"等相对立的一种艺术风格。在写作方法上，它主张开门见山，单刀直入，直截了当，反对旁敲侧击，顾左右而言他，即杨振刚《诗品解》解题所言："反复驰骋，固是作家胜境，或者东涂西抹，剌剌不休，则满纸浮言矣，故进之以实境。"在表达方式上，它提倡即目直书，将眼前景、心中事和盘托出，通过生动可感的形象和具体翔实的画面来展示主旨，即孙联奎《诗品臆说》所谓"古人即目即事，皆实境也。"在艺术风格上，它强调直抒胸臆，反对苦心经意，要求语言明白如话，如脱口而出，信手拈来，即杨廷芝《诗品浅解》所言"此以天机为实境也"。总之与"含蓄""委曲"求深、求曲形成鲜明对照的是，它最突出的艺术特征就是"直"与"浅"——语言的不假思索与形象的一目了然，它的追求就是以平易晓畅的语言来塑造具体可感的画面。

“实境”的核心在于“直”，所谓“直”，不仅仅是语言的质朴，更重要的是创作方式上的“直寻”，即直书“即目所见”，也就是钟嵘《诗品序》所感叹的“观古今胜语，多非补假，皆由直寻”，沈约《宋书·谢灵运传论》所指出的“至于高言妙句，音韵天成，皆暗与理合，匪由思至”，刘勰在《文心雕龙》中所论述的“篇章秀句，裁可百二，并思合而自缝，非研虑之求”。不过，钟嵘等人所注目的还只是诗句的撷取，日本学者遍照金刚在《文镜秘府》中则将它上升为一种诗歌体式——“直置体”：“直置体者，谓直书其事之于句者是。诗云：‘马衔苜蓿叶，剑莹鹏鹛膏。’又曰：‘隐隐山分地，沧沧海接天。’”司空图在这里也继承这些观念，他所谓“妙不自寻”“遇之自天”，也是在肯定这种伫兴而就的创作方法。

杜甫陇西、湘南纪行诗影响颇大，卢世㴶说：“杜公纪行诗，从《发秦州》至《万丈潭》，从《发同谷》至《成都府》，入天穿水，万壑千崖，雨雪烟虹，朝朝暮暮，一切可怪可吁可娱可忆之状，触目经心，直取其髓，而梨然次诸掌上，嗣是金华山观，去通泉十五里山水，清溪驿、凿石蒲、津口、空灵岸、花石戍、晚洲、衡州，莫不随处点缀，尽妙领佳，统领少陵一部游记，留谱与人。”（《杜诗详注》引《杜诗胥钞》）杜甫也是把他一路所见所闻生动描述下来，甚至这些作品还可以作为山水图经来读，但这部分杜诗没有体现出司空图《诗品》“实境”所标举的艺术趣味。如卢世漼所提及的《宿花石戍》“岸疏开辟水，木杂今古树。地蒸南风盛，春热西日暮”等诗句，刻画入微，将湘南特有的景致充分展示出来，但其诗风过于沉重厚实，与司空图所赞誉的“清幽空灵”差异较大。郭绍虞就曾指出，这里的“实境”实质上依然是要求说得空灵：“幽人，幽隐之人，本不易逢。道心，大道之心，亦不易见。曰‘逢’，曰‘见’，说得着实，亦见得真切。曰‘忽逢’，曰‘如见’，又说得空灵，正见实境是从天机来也。”（《诗品集注》）

示例

上陌梯寺怀旧僧二首

司空图

云根禅客居，皆说旧无庐。
松日明金像，山风向木鱼。
依栖应不阻，名利本来疏。
纵有人相问，林间懒拆书。

高鸦隔谷见，路转寺西门。
塔影荫泉脉，山苗侵烧痕。
钟疏含杳霭，阁迥亘黄昏。
更待他僧到，长如前信存。

究竟什么是“实境”？司空图曾以自己的创作经

历进行诠释。在《与极浦书》中，他写道："然题纪之作，目击可图，体势自别，不可废也。愚近有《虞乡县楼》及《柏梯》二篇，诚非平生所得者。然'官路好禽声，轩车驻晚程'，即虞乡入境可见也。又'南楼山色秀，北路邑偏清'，假令作者复生，亦当以著题见许。其《柏梯》之作，大抵亦然。"司空图认为记游之作，就应该按照体例的要求，把诗人所见所感直接记录下来，使读者能够清晰地感知。他所举出的得意之句"官路好禽声，轩车驻晚程"等，就妙在如实地描绘出了进入虞乡时的眼前之景。至于信中提及的《柏梯》诗，可能就是我们这里选录的《上陌梯寺怀旧僧二首》。这两首诗描写陌梯寺的风光，也确实做到了绘景如画，把黄昏下、雾霭中僧塔穆然静立的情形完全展示在读者眼前。

值得注意的是，司空图所谓"直寻"，所谓"目击可图"，并非一味纪实，虽然他反复强调说语言要直质，思路要简单，似乎是不假思索地把所见所闻直接写入诗中，事实上他眼中之景已经过滤了一层，进入他视线的往往是清澈的溪水、葱茏的青松，出现在画面中的人物形象一般都是疏野的樵夫、高雅的琴士，因此所表现的意境应该是清幽高远的。这样看来，"实境"与"含蓄""委曲"等艺术风格在根本上所展示的艺术趣味是一致的，只是前者要求把这种高雅清幽的韵致用具体可感的形象直接展示出来。

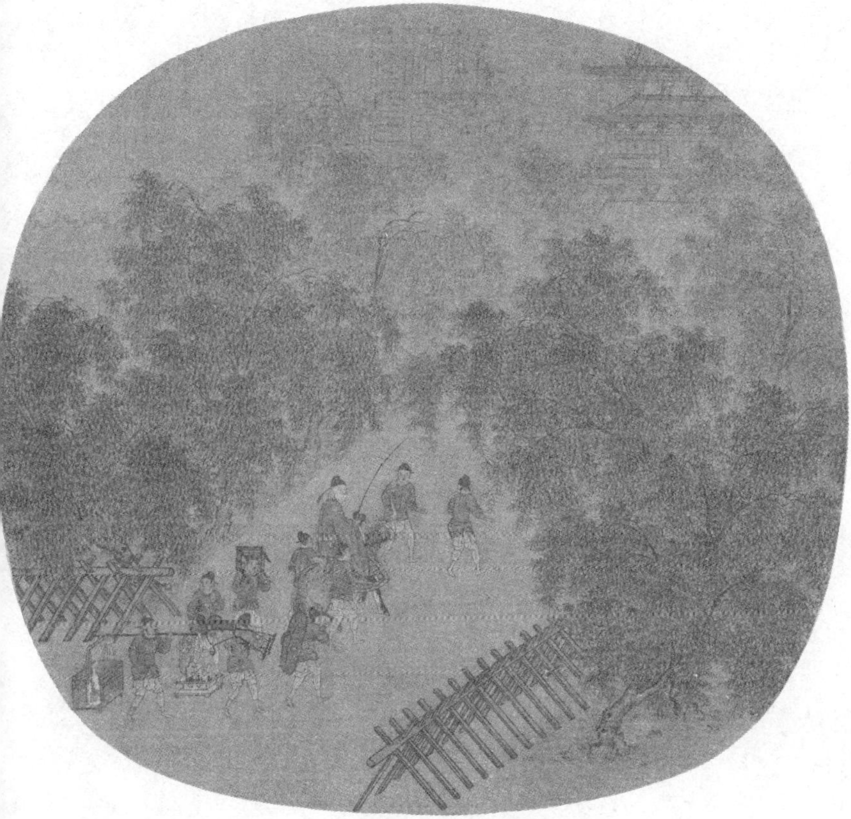

宋·佚名《春游晚归》

情性所至，妙不自寻。遇之自天，泠然希音。

清涧之曲，碧松之阴。一客荷樵，一客听琴。

取语甚直，计思匪深。忽逢幽人，如见道心。

实境

悲　慨

大风卷水，林木为摧。[①]

适苦欲死，招憩不来。[②]

百岁如流，富贵冷灰。[③]

大道日丧，若为雄才。[④]

壮士拂剑，浩然弥哀。[⑤]

萧萧落叶，漏雨苍苔。[⑥]

注释

① 大风：刘邦《大风歌》："大风起兮云飞扬。"卷水，卷起水浪。为，被。摧，折断。杨廷芝《诗品浅解》："大风卷水，声不可闻；林木为摧，感且益慨。起手似有北风雨雪之意。"这两句说，大风倏来，卷起巨浪，折断林木。

② 适：正当。憩，休息。两句接上句而来，是说目睹萧杀景象，情绪低沉悲凉。值此际而招友人以遣忧，友人久候不至。

③ 百岁：泛指人的一生。戎昱《寂上人禅房》："俗尘浮垢闭禅关，百岁身心几日闲。"冷灰，燃烧后冷却的灰烬。郭绍虞《诗品集注》："百岁如流，一往不回，感人生之无常，不免引起悲慨。满堂富贵，转眼成功，热闹场中，结果乃若已冷之灰，感盛况之难再，又不免引起感慨。"这两句说，岁月如流水般飞快逝去，荣华富贵转眼化为冷灰。

④ 大道：最根本的道理。这两句说，世道日益沦丧，谁是今日雄才能挽狂澜于既倒。

⑤ 弥：更加，宋玉《对楚王问》："是以其曲弥高，其和弥寡。"一说，久远。桓宽《盐铁论·相刺》："旷日弥久，而无益于理。"这两句说，壮士无用武之地，心中不平之气淤积，慨然拂拭宝剑。

⑥ 萧萧：草木摇落之声。杜甫《登高》："无边落木萧萧下，不尽长江滚滚来。"漏雨，残雨，一说，雨大如注而漏。孙联奎《诗品臆说》："萧萧落叶，何如之时？露雨苍苔，何如之地？当有满目萧然感极而悲者矣。"

品读

"悲慨"是诗人慨叹所形成的一种具有强烈感染的范围，而诗人之所以慨叹，则是因为他为悲伤的情绪所包裹，哀痛不已。这样一来，诗中所展示的伤感程度，自然就决定了慨叹的境界，至于这种情绪如何表现出来，是直抒胸臆还是侧面烘托，则不是我们关注的重点了。那么触发诗人伤感情绪的情景有哪些呢？司空图在这里有所归纳。

诗人们最易伤感的首先是人生短暂，生命无常，即《诗品》所说的"百岁如流"。汉代以来，对生命短促的慨叹就成为了诗歌的重要主题，如《古诗十九首》：

驱车上东门，遥望郭北墓。
白杨何萧萧，松柏夹广路。
下有陈死人，杳杳即长暮。

潜寐黄泉下，千载永不寤。
浩浩阴阳移，年命如朝露。
人生忽如寄，寿无金石固。
万岁更相送，贤圣莫能度。
服食求神仙，多为药所误。
不如饮美酒，被服纨与素。

诗人出东门而登上北邙，目睹萧瑟的坟地，想到坟中人生前何等富贵显赫，不由感叹人的生命如早上的露水一样，太阳出来就会消失，随之而来的是永远长眠在幽深的黑暗里，千载万年都不会醒来。这样的命运连圣贤都无法逃避，更不用说那些富贵者。面对这样残酷的现实，诗人们选择了声色享乐，表面上是颓废与消极的，事实上依然是对生命的强烈的欲求与留恋。在《古诗十九首》中，这种悲慨是颇为常见的，如“青青陵上柏，磊磊涧中石。人生天地间，忽如远行客”，“人生寄一世，奄忽若飘尘。何不策高足，先据要路津”“生年不满百，常怀千岁忧。昼短苦夜长，何不秉烛游”。可见对生命的眷念、对死亡的恐惧、对命运的困惑，是这一时期诗歌的主旋律。

“慷慨悲凉”是建安文学的重要特征。同样是慨叹，建安诗歌与东汉诗歌的差异在哪里呢？刘勰在《文心雕龙·时序》中这样评述建安诗风的形成：“观其时文，雅好慷慨，良由世积乱离，风衰俗怨，并志深而笔长，故梗慨而多气也。”刘勰指出，三曹等建安文人在诗歌中所抒发的慷慨悲凉情绪，源于当时混乱的社会现实。王羲之《又与殷浩书》说："遂令天下将有土崩之势，何能不痛心悲慨也。"曹操等人在诗中也曾感叹"对酒当歌，人生几何。譬如朝露，去日苦多"（曹操《短歌行》）、"天地无终极，人生若朝露"（曹植《送应氏》）、"人活一世间，忽若风吹尘"（曹植《薤露行》）、"人生一世间，忽若暮春草"（徐干《室思》）。不过，他们的悲伤更多地源于对动荡现实的审视与观照，所谓"白骨露于野，千里无鸡鸣"（曹操《短歌行》）、"出门无所见，白骨蔽平原"（王粲《七哀诗》）、"垣墙皆顿擗，荆棘上参天"（曹植《送应氏》），即"大道日丧"之后所带给社会的创伤使他们情不自已："旧土人民死丧略尽，国中终日行，不见所识，使吾凄怆伤怀"（曹操《军谯令》）。更重要的是，他们往往把这种悲悯的情形化作了一种巨大的动力，往往以拨乱反正为己任，这就使得他们的作品饱含了慷慨激昂的情怀。他们的诗歌虽不乏秋风、飞蓬、鸣蝉、飞鸟、白露等意象以渲染岁月流逝、人生短促等萧索悲凉情绪，但占据主导思想的依然是高扬的政治理想与踔厉风发的豪情壮志。

示例

登　高

杜　甫

风急天高猿啸哀，渚清沙白鸟飞回。
无边落木萧萧下，不尽长江滚滚来。

万里悲秋常作客，百年多病独登台。

艰难苦恨繁霜鬓，潦倒新停浊酒杯。

唐代诗人普遍面临的痛苦，是怀才不遇，壮志难酬。他们期待有所作为，以改变社会现实，实现自己的梦想，但往往是“大道如青天，我独不得出”，始终找不到了展示抱负的机遇。陈子昂《登幽州台歌》可谓唐人“悲慨”的典范之作：“前不见古人，后不见来者，念天地之悠悠，独怆然而涕下。”在广袤的宇宙中，在漫长的历史长河里，礼贤下士的明君总是存在的，君臣遇合的故事也会不断发生，但诗人认为他生不逢时，在他有限的一生中却没有机会碰到这样的明君，他的一身才华就这样被白白浪费，这如何不令人悲痛呢？这种情怀，正是司空图《诗品》中所描述的“壮士拂剑，浩然弥哀”。当然，在唐诗中更为普遍的，还是将一己之颠沛流离、壮志难酬与“大道日丧”——国家的多灾多难融合一起而产生的悲慨情怀。

杜甫的《登高》，作于唐代宗大历二年（767）秋天，当时诗人在夔州。离开成都草堂的诗人，一心想尽快叶落归根，但因疾病等原因在夔州滞留了一年零九个月。他登高远眺，不仅为自己的流离颠沛而伤感，更为国家的动荡不安而悲愤。诗人将眼前所看到的江边寂寥空旷的秋景，与诗人长期漂泊、疾病缠身所引发的凄楚之情，以及国家多灾多难、兵革不休所滋生的焦虑、彷徨之感，很好地结合在一起，营造出强烈的沉郁悲怆的氛围。

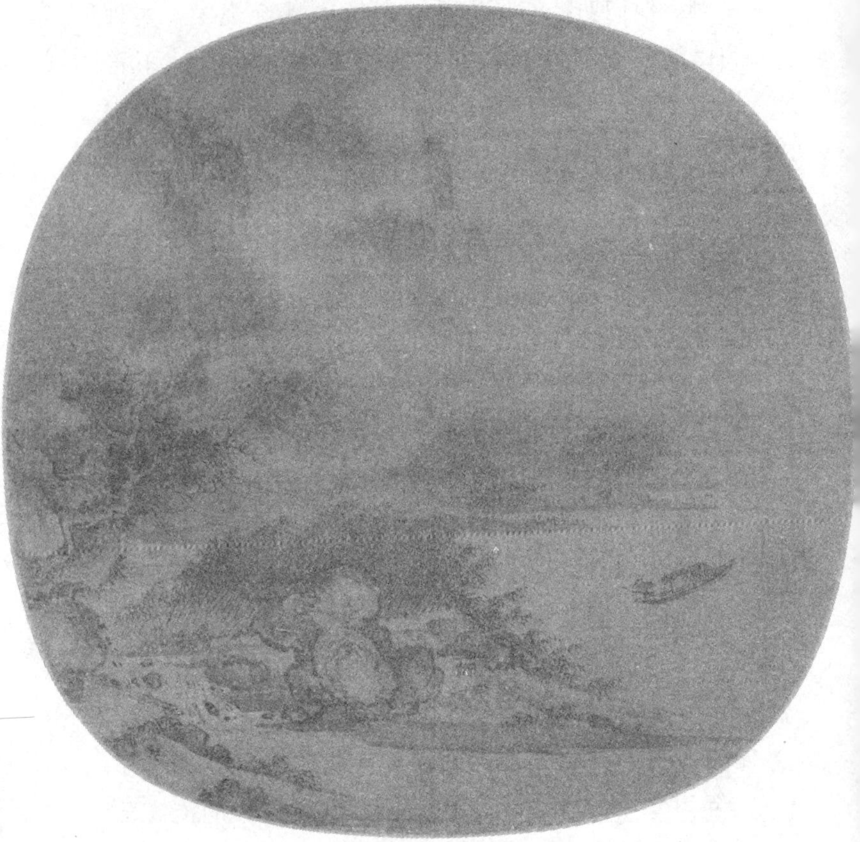

宋·佚名《风雨归舟图页》

壮士拂剑，浩然弥哀。萧萧落叶，漏雨苍苔。

百岁如流，富贵冷灰。大道日丧，若为雄才。

大风卷水，林木为摧。适苦欲死，招憩不来。

悲慨

形　容

绝伫灵素，少回清真。①
如觅水影，如写阳春。②
风云变态，花草精神。③
海之波澜，山之嶙峋。④
俱似大道，妙契同尘。⑤
离形得似，庶几斯人。⑥

注释

① 绝：极力。伫，保存。灵素，心神。江淹《伤友人赋》："友人之生，川岫降明，峻调迥韵，慧志聪情，倜傥远度，寂寥灵素。"清真，纯洁天真。李白《王右军》："右军本清真，潇洒出风尘。"杨廷芝《诗品浅解》："言人能存心摹想得见本来面目，而清真之气不逾时来矣。"这两句说，诗人要极力专注凝神，才能把事物写得清新逼真。

② 水影：水中之倒影。司空曙《黄子陂》："岸芳春色晓，水影夕阳微。"这两句说，好比是描绘水中的倒影，又如同展现灿烂的春色。

③ 变态：变化流动的形态。杜甫《上白帝城二首》："江城含变态，一上一回新。"精神，活力，灵气。《礼记·聘义》："气如白虹，天也。精神见于山川，地也。"这两句说，风云之状，倏忽万变；草木向荣，争奇斗艳。

④ 嶙峋：山石峻峭，重叠。杨廷芝《诗品浅解》：“风云之变态苍茫，花草之精神焕发，海之波澜无定，山之嶙峋不齐，此其千状万态难以拟议者，非善于形容乌能形容之尽致。”这两句说，大海波澜无定，山石嶙峋不齐。

⑤ 大道：大路。契，契合。这两句说，这些描述都如同大路上飞扬的尘埃，浑然一体，略无罅隙，不留痕迹。

⑥ 离：超越。一说明。《易·说卦》：“离也者，明也，万物皆相见，南方之卦也。”庶几，差不多。斯人，此人。郭绍虞《诗品集注》：“因此，总结形容之妙，贵在离形得似。离形，不求貌同；得似，正由神合。能如是，庶几为形容高手矣。”这两句说，不求表象逼真而追求传神，才是善于形容的诗人。

品读

“形容”是一种绘形摹状的艺术手段，对于许多诗人而言，它虽然不是创作的最终目的，但依然是不可或缺的一个阶段。如何将所见之物象活灵活现地表现出来，往往是诗人们在具体创作过程中所普遍面临的难题。困难之一，在于所描绘的对象往往是千奇百怪的，每一种物象都具有各自的特色，如大海之波澜壮阔，高山之怪石嶙峋，花草之生机盎然，不一而足。一位优秀的诗人，必须做到能抓住这些物象的最本质特征，从而将它们的形象真切鲜明地展示出来。困难之二，则在于所描摹的对象往往是千变万化的，如风之漂浮不定，如云之时卷时舒，如水之随物赋形；即使同一物象，在不同的场景中与不同的视野下，也会呈现出不同的特征，如海上之明月就不同于山间与旷野之明月，诗人们必要注意到这些物象在具体环境中的具体特征。

叶梦得在《石林诗话》中曾总结出了两种“形容”不同效果：“诗语固忌用巧太过，然缘情体物，自有天然工妙，虽巧而不见刻削之痕。老杜‘细雨鱼儿出，微风燕子斜’，此十字殆无一字虚设。雨细着水面为沤，鱼常上浮而淰，若大雨则伏而不出矣。燕体轻弱，风猛则不能胜，唯微风乃受以为势，故又有‘轻燕受风斜’之语。至‘穿花蛱蝶深深见，点水蜻蜓款款飞’，深深字若无穿字，款款字若无点字，皆无以见其精微如此。然读之浑然，全似未尝用力，此所以不碍其气格超胜。使晚唐诸子为之，便当如‘鱼跃练波抛玉尺，莺穿丝柳织金梭’体矣。”

杜甫缘情体物的工巧，首先在于他能抓住物象在特殊场景中的特色加以形容，从而做到了“俱似大道，妙契同尘”，即所刻画的对象与环境浑然一体。杜甫善于“形容”的另一特色，在叶梦得看来是能写出物象的意态神情。《曲江二首》写唐肃宗乾元元年（758）暮春时杜甫游览曲江的观感，其二云：“朝回日日典春衣，每日江头尽醉归。酒债寻常行处有，人生七十古来稀。穿花蛱蝶深深见，点水蜻蜓款款飞。传语风光共流转，暂时相赏莫相违。”曲江的春景是美不胜收的，尤其是战乱后的景色更让人留恋。蛱蝶恋花，蜻蜓点水，本是生活中最为习见的景象，诗人连用“深深见”与“款款飞”，就将阳春的灿烂渲染出，写的是生机流溢。而叶梦得所批评的“形容”方式如“鱼跃练波抛玉尺，莺穿丝柳织金梭”，就在于这些描摹是宽泛的，没有具体的意境，更没有表现出物象的神情。

“形容”的最高境界是什么？《诗品》在这里总结为“离形得似”，即不能停留于物象外表，而要将其内在气韵风神表现出来。后人对此多有阐发，如葛立芳《韵语阳秋》说：“欧阳文忠公诗云：‘古画画意不画形，梅诗写物无隐情。忘形得意知者寡，不若见诗如见画。’东坡诗云：‘论画以形似，见与儿童邻。赋诗必此诗，定知非诗人。’或谓：‘二公所论，不以形似，当画何物？’曰：‘非谓画牛作马也，但以气韵为主尔。’谢赫云：‘卫协之画，虽不该备形妙，而有气韵，凌跨雄杰。’其此之谓乎？陈去非作《墨梅诗》云：‘含章檐下春风面，造化功成秋兔毫。意得不求颜色似，前身相马九方皋。’”诗人写诗正如画家作画，必须借助于外在物象，但在刻画物象时，外在形体方面的酷似并不是最终的艺术追求，传神才是艺术创作的宗旨。

示例

水槛遣心二首

杜　甫

去郭轩楹敞，无村眺望赊。
澄江平少岸，幽树晚多花。
细雨鱼儿出，微风燕子斜。
城中十万户，此地两三家。

蜀天常夜雨，江槛已朝晴。

叶润林塘密，衣干枕席清。
不堪只老病，何得尚浮名。
浅把涓涓酒，深凭送此生。

杜甫的《水槛遣心二首》，大约作于唐肃宗上元二年（761）。经过一番颠沛流离的诗人，此时终于在成都草堂安居下来，度过了一段颇为难得的闲暇时光。第一首描绘了春天到来后诗人所见的画面：远离城郭的草堂视野开阔，四周郁郁葱葱，姹紫嫣红，澄澈的江水涨溢两岸。淅淅沥沥的小雨中，鱼儿游来游去；微风吹拂下，燕子轻快地穿梭掠过。第二首偏重于抒怀，不过绘景体物依然极其生动。四川盆地夜晚多雨，不仅花草树木被雨水淋透，到处都是水洼，连诗人的枕席也是湿漉漉的。等到天晴，衣服终于变得干爽，诗人坐在水边的栏杆旁，慢慢倒酒而饮，借此消磨余生。

诗中备受后人称赞的“细雨鱼儿出，微风燕子斜”两句，就在于诗人不是泛写小鱼与燕子，而是以“出”与“斜”两字生动地表现出了微风细雨中这两种动物特有的风貌，所以给我们留下体物工巧的深刻印象，如张谦宜《茧斋诗谈》所说：“‘澄江平少岸……微风燕子斜’，此白描写生手。彼云杜诗粗莽者，知其未曾细读也。”更重要的是，这些生动描绘还很好地将诗人的情怀传达出来。金圣叹《杜诗解》解析说：“细雨出，‘出’字妙，所乐亦既无尽矣；微风斜，‘斜’字妙，所苦亦复无多矣。前半幅，写胸中极旷；后半幅，写胸中自得也。”

南宋・萧照《秋山红树纨扇》

俱似大道，妙契同尘。离形得似，庶几斯人。

风云变态，花草精神。海之波澜，山之嶙峋。

绝伫灵素，少回清真。如觅水影，如写阳春。

形容

超　诣

匪神之灵，匪机之微。①
如将白云，清风与归。②
远引若至，临之已非。③
少有道气，终与俗违。④
乱山乔木，碧苔芳晖。⑤
诵之思之，其声愈希。⑥

注释

① 机：天机，时机。司马迁《史记·苏秦列传》："不出十日。而战胜存亡之机决矣。"微，微妙。杨廷芝《诗品浅解》："神者，阳之灵；神之精明者称灵。机者，动之微。灵莫灵于神，微莫微于机，而超诣则高远精深，神不得以擅其灵，机不得以显其微也。"这两句说，"超诣"无关神思的灵感，也无关奇妙的巧合。

② 将：共，与。白居易《和裴侍中尚园静兴见示》："静将鹤为伴，闲与云相似。"郭绍虞《诗品集注》："白云清风，皆高妙清淡之物，将白云而与清风俱归，则飘然无迹之象，正是拟议超诣之境。"这两句说，如同驾驭白云，与清风飘然同归。

③ 引：招引。临，面对。杨廷芝《诗品浅解》："人所难至之境，不难远引而上之。有一境焉，初以为是，及到，

已觉其非。进一境，不又有一境耶?”一说临为临摹。孙联奎《诗品臆说》：“‘远引若至’，犹言‘似可模仿’‘临之已非’，犹言‘究竟不象’。临如临帖之临，虽是依样葫芦，毕竟死画坯模。后写《兰亭》，不如初写之佳。初写《兰亭》，盖超诣也。”这两句说，远远看来，似乎已经进入了超诣的境界；等到真正面对时，才发现并非如此。

④ 少：少年。违，远离。一说少为稍，违即近。孙联奎《诗品臆说》：“不涉理路，不落言诠，如羚羊挂角，无迹可求，而言中之理，挪移不动，方是妙品。一落言诠，便不超诣；不超诣，便与俗近。‘违’字当作‘近’字解。”这两句说，少年时努力积累，把握艺术规律，最终能超凡脱俗。

⑤ 乔木：高大的树木。《诗经·郑风·山有扶苏》：“伐木丁丁，鸟鸣嘤嘤，出自幽谷，迁于乔木。”晖，日光。郭绍虞《诗品集解》：“喻之于境，亦出于天然。如乱山巉岩，乔木森森，固属超诣之境，即如碧苔之一片青蓝，芳晖之一团秀媚，交相映衬，亦是天机胜境。”两句写景：高大的树木耸立于巉岩乱石之中，斜阳洒布于幽深的林间青苔之上。

⑥ 诵：口诵。思，心念。希，空寂无声。《老子》：“听之不闻名曰希。”无名氏《诗品注释》：“是境也，口为诵之，心为思之，宜乎其妙可即矣，而其声实为天籁之法，大音之作，愈觉其希微入化而不可求，此所谓超诣乎?‘愈’字有泯然莫窥，愈求而愈不得意。”这两句说，口诵心思，更觉境界幽微难求。

品读

超诣就是超尘脱俗，即对现实观念的超越和尘世生活的超脱。具体到诗歌创作中，前者往往体现为思想上的不肯苟同和见解方面的独树一帜，后者经常展现出一种冲淡清远的人生旨趣和飘逸出尘的生活态度。如刘禹锡《杨柳枝词九首》其二：“南陌东城春早时，相逢何处不依依。桃红李白皆夸好，须得垂杨相发挥。”红似火的桃花与白如雪李子花，往往是在垂柳的映衬下才更加灿烂夺目，人人都瞩目于桃花与李子花，诗人却认为依依之杨柳不可或缺，这就超越了凡庸滑俗。其《醉答乐天》诗云：“洛城落城何日归，故人故人今转稀。莫嗟雪里暂时别，终拟云间相逐飞。”历来思乡、思友人之作多写得哀怨缠绵，尤其是漂泊天涯而故人日渐凋零之际，更是令人潸然欲涕，而刘禹锡此诗却依然充满激情，畅想着相聚之乐，表现出了独特的人生情怀。

在许多作品中，诗人独特的人生见解和超越的人生态度没有直接阐述出来，常常是融化在诗人所描绘的艺术境界中。如嵇康《赠秀才入军》其十四首：“息徒兰圃，秣马华山。流磻平皋，垂纶长川。目送归鸿，手挥五弦。俯仰自得，游心太玄。嘉彼钓叟，得鱼忘筌。郢人逝矣，谁与尽言”。诗人只是描述了他的一些生活画面——在遍地兰花的野外休息，在山坡喂马，在长河垂钓，目送大雁南飞，信手轻拂着琴弦——他飘然出尘、心游天外的人生态度已经充分传达出来。司空图在《二十四诗品》中所宣扬的“超诣”，正是这种具有象外之象、言外之旨、韵外之致的艺术境界，他所标举的“乱山乔木，碧苔芳晖”，正充分传达了他自己的人生态度与审美趋向。乱山是荒芜的，青苔是冷寂的，但有了挺拔的乔木、温馨的阳光，画面顿时变得温暖。巉岩中苍翠的树木与点点夕阳映照下的苍苔，在强烈的对比中给人留下了深刻的印象，这种孤傲的情怀就是作者遭时不偶、不谐于流俗的慨叹。

王维《鹿柴》一诗也描绘出了“碧苔芳晖”的意境，不过其旨趣与《诗品》是迥然不同的。“空山不见人，但闻人语响。返景入深林，复照青苔上。”诗人虽然也摹写出了夕阳返照在幽林深处之青苔景象，但作者所传达的是一种豁然开朗的情怀，诗歌所渲染的是一种欣喜与爱恋的情绪。山虽空寂，与人世相隔却不遥远；林深幽冷，时时自有阳光渗入。因为他人之笑语能时时飘入耳中，所以即使独自身处山中而无孤寂之感；也因为不断有和煦的阳光穿透茂密的树叶，所以哪怕独自一人行进在幽暗的深林中也不会恐慌。诗人表面在写山空，却意在从未断绝的“人语”；看起来是瞩目于阴暗潮湿的青苔，实则是在赞叹无所不在的阳光，故《诗法易简录》：“人语响，是有声也；返景照，是有色也。写空山不从无声无色处写，偏从有声有色处写，而愈见其空。严沧浪所谓‘玲珑剔透’者，应推此种。沈归愚谓其‘佳处不可语言’，然诗之神韵意象，虽超于字句之外，实不能不寓于字句之间，善学者须就其所已言者，而玩索其不言之蕴，以得于字句之外可也。”

示例

杂　题

司空图

孤枕闻莺气，幽怀独悄然。
地融春力润，花泛晓光鲜。

司空图对诗歌精妙之处的认识与表述，非常值得咀嚼与回味。苏轼所引用的“美在咸酸之外”的著名比喻，就来自司空图的《与李生论诗书》：“文之难，而诗尤难，古今之喻多矣。愚以为辨于味而后可以言诗也。江岭之南，凡足资于适口者，若醯，非不酸也，止于酸而已；若鹾，非不咸也，止于咸而已。华之人以充饥而遽辍者，知其咸酸之外，醇美者有所乏耳。彼江岭之人，习之而不辨也，宜哉。诗贯六义，则讽喻、抑扬、渟蓄、温雅，皆在其间矣。然直致所得，以格自奇。前辈诸集，亦不专工于此，矧其下者也！王右丞、韦苏州，澄澹精致，格在其中，岂妨于遒举哉？贾阆仙诚有警句，视其全篇，意思殊馁，大抵附于蹇涩，方可致才。亦为体之不备也，矧其下者哉？噫！近而不浮，远而不尽，然后可以言韵外之致也。”

作诗应该追求有滋有味，这已经成为人们的共识，但在司空图看来还远远不够，正如可口的事物都有滋味，或咸或酸，但仅仅只给人留下或咸或酸的感受，就不能算是精美的食物了。一味求咸或求酸，可以能够把这一滋味发展到极致，但终究只是一种味道而言，不够完整，因而也就达不到醇美。醇美的诗歌，必须“超诣”，必须有“言韵外之致”。他自己写过不少“超诣”之作，上文所引《杂题》之外，还如《即事》：“林鸟频窥静，家人亦笑慵。旧居留稳枕，归卧听秋钟。”这些诗歌的一般是幽微深远的，如清风白云般飘逸，通常处于“诵之思之，其声愈希”的状态。

宋·马远《梅溪放艇图》

乱山乔木，碧苔芳晖。诵之思之，其声愈希。

远引若至，临之已非。少有道气，终与俗违。

匪神之灵，匪机之微。如将白云，清风与归。

超诣

飘　逸

落落欲往，矫矫不群。①
缑山之鹤，华顶之云。②
高人惠中，令色絪缊。③
御风蓬叶，泛彼无垠。④
如不可执，如将有闻。⑤
识者期之，欲得愈分。⑥

注释

① 落落：豁朗大度。《晋书·石勒载记》："大丈夫行事当磊磊落落，如日月皎然。"矫矫，卓然出众的样子。这两句说，诗人潇洒不羁，任情任性，超尘绝俗，特立独行。

② 缑山：李吉甫《元和郡县志》："河南道缑氏县，缑氏山在县东南二十九里，王子晋得仙处。"这两句说，诗人一如缑山上的野鹤，高飞远举；又如华山顶上的闲云，自由来去。

③ 高人：清高绝俗之人。惠，通"慧"，韩愈《送李愿归盘谷序》："秀外而惠中。"令，美好。絪缊，天地间的元气。《易·系辞下》："天地絪缊，万物化醇。"这两句说，风雅蕴藉的高士，元气充溢，清秀丰朗，意态悠然，灵惠聪颖。

④ 御风：乘风。蓬叶，蓬草之叶。《商子·禁使》："今

夫飞蓬，遇飘风而行千里，乘风之势也。”无垠，无边无际。杨廷芝《诗品浅解》：“泛彼无垠，任意逍遥，无入而不自得也。”这两句说，此时此刻，诗人只想委身于蓬叶，乘风远飞，遨游于浩渺之太空。

⑤ 执：把握。杨廷芝《诗品浅解》：“如不可执，言其势凌空，若上若下，有若捉不得然。如将有闻，言其深造自得，如道之将有闻也，何从容自如耶！”这两句说，“飘逸”的意境，好像难以捉摸，又似乎有所感悟。

⑥ 识者：能了解和领悟的人。分，远，离。《庄子·渔父》：“远哉其分于道也。”这两句说，知道这种意境的人已经心领神会，刻意寻觅反而离它越来越远。

品读

“超诣”与“飘逸”同立足于超凡脱俗，两者的差异在哪里？无名氏《皋兰课业诗品解》回答说：“超诣言独往之神，飘逸言不群之致。”“独往之神”与“不群之致”又有什么不同呢？这依然需要仔细分析。在我们看来，“超诣”与“飘逸”都强调对世俗生活的超越，但“超诣”意在出尘，而“飘逸”则不无出世之意，所以后者往往令人产生飘然欲仙之感，不无神仙之风神。“飘逸”的核心在“逸”，“逸”兼有隐逸、逃逸、闲逸等诸多涵义，颇难判断，“惟逸之一字最难分解，盖逸有清逸，有雅逸，有隐逸，有沉逸”（唐志契《绘事微言》），当它与“飘”字组合在一起时，自有一种凌云飞腾之意，司空图在文中所提供的“缑山之鹤，华顶之云”等意象正是最好的注解，“此举缑山之鹤，华顶之云，言鹤非凡鹤，云非凡云，正见矫矫不群之意，不仅云、鹤均清高之物，足状飘逸而已”（郭绍虞《诗品集解》）。

李白在当时就被认定为“飘逸”的诗人，任华《杂言寄李白》曰：“古来文章有奔逸气，耸高格，清人心神，惊人魂魄；我闻当今有李白……绿水青山知有君，白云明月偏相识。养高兼养闲，可望不可攀。庄周万物外，范蠡五湖间。又闻访道沧海上，丁令、王乔时往还。蓬莱经是曾到事，方丈岂惟方一丈。”李白的“飘逸”，显然不在于他对庄周、范蠡的尊崇，而在于他对神仙诸如丁令威、王子乔的追慕，在于他一身的仙气，如司马承祯所言“白有仙风道骨，可与神游八极之表”。事实上，求仙访道一直是李白的重要梦想，其《感兴八首》其四即有自述：“十五游神仙，仙游未曾歇。吹笙坐松风，泛瑟窥海月。西山玉童子，使我炼金骨。欲逐黄鹤飞，相呼向蓬阙。”

李白诗中的仙气，是他人生旨趣的直接体现，司空图《李翰林写真赞》说：“水浑而冰，其中莫莹。气湛而幽，万象一镜。擢然翊然，傲睨浮云。仰公之格，称公之文。”李白诗风的飘逸，也是由他潇洒出尘、豪迈不羁的人生态度所决定的。“观太白诗者，要识真太白处。太白天才豪逸，语多卒然而成者，学者于每篇中，要识其安身立命处可也。”（严羽《沧浪诗话》）李白的“安身立命”之处，就在于他对自由的无限向往。这种无拘无束的性格，使他的诗歌也显得卓尔不群，“盖（李白）才豪迈，全以神运，自不屑束缚于格律对偶，与雕绘者争长”“（李白）诗之不可及处，在乎神识超迈，飘然而来，忽然而去，不屑屑于雕章琢句，亦不劳劳于镂心刻骨，自有天马行空、不可羁勒之势”（赵翼《瓯北诗话》）。孙联奎在诠释“落落欲往，矫矫不群”两句时，就将诗人的性格与风格联系起来：“‘远性风疏，逸情云上’，是落落欲往。‘翩若惊鸿，婉若游龙’，是矫矫不群。然惟落落欲往，是以矫矫不群。落落，就情兴言；不为事缚，情乃落落。矫矫，就笔性言，不为俗牵，笔乃矫矫。……飘逸，神情气势如是。”（《诗品臆说》）这也可以作为对李白豪放性格与飘逸诗风关系的辨析。

示例

访戴天山道士不遇

李　白

犬吠水声中，桃花带雨浓。
树深时见鹿，溪午不闻钟。
野竹分青霭，飞泉挂碧峰。
无人知所去，愁倚两三松。

李白诗歌“飘逸”之气，既与他诗中比比皆是的仙人、高士以及云、霞、风等形象有关，也与他所展示出来的强烈“飞升”愿望有关，《诗品》所言“御风蓬叶，泛彼无垠”的主题与意象在李白诗中是极为寻常的，如“愿乘泠风去，直出浮云间，举手可近月，前行若无山”（《登太白峰》）、“素手把芙蓉，虚步蹑太清。霓裳曳广带，飘拂升天行。邀我登云台。高揖卫叔卿。恍恍与之去。驾鸿凌紫冥。”（《古风》其十九）等等，故严羽《沧浪诗话》说：“太白天仙之词。”

李白一生喜欢行走于大山名川，原因之一在于他一直秉承着成仙的梦想。“我本楚狂人，凤歌笑孔丘。……五岳寻仙不辞远，一生好入名山游。”（《庐山谣寄卢侍御虚舟》）他的诸多山水诗就产生于求仙访道的途中。这首《访戴天山道士不遇》，是李白二十岁之前所写。戴天山位于今四川昌隆县北，青年时期的诗人曾读书于此山之中的大明寺。这首诗的前六句写“访”，后两句写“不遇”。诗人清晨就已出发，此时桃树花叶还沾满露珠。伴随淙淙流水与偶尔传来的狗叫声，他一路前行。不知不觉，诗人进入山林深处，道院正午时分的钟声早已听闻不到，眼前时常有麋鹿出没。等到诗人登上山顶，来到道院，只见飞泉挂在碧峰，翠竹拨开云雾，而诗人苦苦寻觅的道士不知所踪。诗歌“从水次有人家起，渐渐走到深林绝壑之间，而道士竟不知在何处也。仙乎仙乎！此等诗随手写出，看他层次之妙”（《唐律消夏录》）。

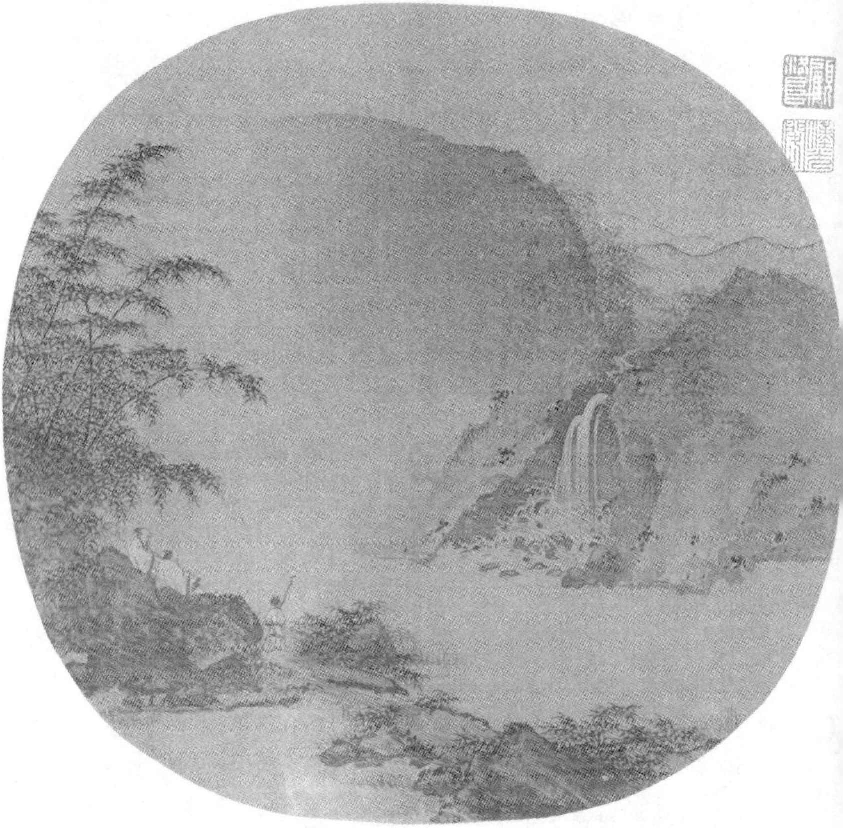

宋·佚名《高士观瀑图》

如不可执，如将有闻。识者期之，欲得愈分。
高人惠中，令色絪缊。御风蓬叶，泛彼无垠。
落落欲往，矫矫不群。缑山之鹤，华顶之云。

飘逸

旷　达

生者百岁，相去几何。①
欢乐苦短，忧愁实多。②
如何尊酒，日往烟萝。③
花覆茅檐，疏雨相过。④
倒酒既尽，杖藜行歌。⑤
孰不有古，南山峨峨。⑥

注释

① 百岁：百年。古人谓人生不满百，常作为死的讳称。《诗经·唐风·葛生》："百岁之后，归于其居。"相去，相差。几何，多少。曹操《短歌行》："对酒当歌，人生几何。"这两句说，人生不过百年，从生到死也只是俯仰之间，所谓长寿者与常人相差也没有多少。

② 实：实在。这两句说，人的短短一生中，欢乐的日子苦于太短，而忧愁之事实在太多。

③ 尊：同"樽"，盛酒器。王维《临湖亭》："当轩对尊酒，四面芙蓉开。"烟萝，烟云缭绕的藤萝。白居易《新涧亭》："烟萝初合涧新开，闲上西亭日几回。"这两句说，人生苦短，不如常携美酒，到藤萝如烟之处痛饮。

④ 覆：覆盖。茅檐，茅草盖的屋顶。刘商《代人村中悼亡》："花落茅檐转寂寥，魂随暮雨此中销。"过，往来，

探望。张九龄《答陆澧》："不辞山路远，踏雪也相过。"杨廷芝《诗品浅解》："花覆茅檐，瞻物色之华，乐安居之况；疏雨相过，有化机之感，无尘缘之牵。则无一时不乐也。"这两句说，鲜花覆盖着茅屋，稀疏的小雨不时飘来。

⑤ 杖藜：拄着手杖。行歌，且行且歌。李白《春日游罗敷潭》："行歌入谷口，路尽无人跻。"郭绍虞《诗品集注》："尊中之酒倒之既尽，则赏雨赏花之兴阑矣。于是出游芳郊，杖藜行歌，又一人生乐事也。"这两句说，等到饮酒已尽，赏花事罢，就拄杖边歌边行而去。

⑥ 有古：有作古之时，即死亡。南山，终南山。峨峨，高峻的样子。《列子·汤问》："善哉！峨峨兮若南山。"杨廷芝《诗品浅解》："人生孰不有死，百岁相去几何，而唯南山得以长存，则亦何必苦短，何必忧愁。欢乐者乐，不欢乐者而亦乐，亦何为而不旷达哉！"这两句说，人生自古谁无死，惟有终南山恒古巍峨。

品读

"旷达"即开朗豁达，面对得失荣辱、名利富贵总能保持一种超然的态度。在古人那里，它经常被理解为面对生命困境而不是生存困境时所采取的一种消解方式，如《晋书·张翰传》记载："（张）翰任心自适，不求当世。或谓之曰：'卿乃可纵适一时，独不为身后名邪？'答曰：'使我有身后名，不如即时一杯酒。'时人贵其旷达。"张翰之所以但求一时的快乐，宁愿面前一杯酒而不求身后之名，并非身后之名不值得追求，而是短暂的人生更值得珍惜。"物之生也，若骤若驰，无动而不变，无时而不移，何为乎？何不为乎？"（《庄子·秋水》）人生变动无常，生命转瞬消失，在有限的人生里，哪些事情才值得我们珍爱呢？“达生之情者，不务生之所无以为；达命之情者，不务知之所无奈何”（《庄子·达生》）。只有真正了解生命的价值与意义，才会无荣辱得失之累，置世俗议论于度外，任情适意，旷达不羁。因此，古人“旷达”的基础常常是建立在对人生苦短、生命飘忽的感喟之上。

“家为逆旅舍，我如当去客。去去欲何之？南山有旧宅。”（陶渊明《杂诗》）人生若寄，殊途同归，“孰不有古，南山峨峨”，人们应该做出怎样的选择呢？张翰因专意于眼前的安逸闲适而被人赞许，白居易也力求适意安慰：“吾今已年七十一，眼昏须白头风眩。但恐此钱用不尽，即先朝露归夜泉。未归且住亦不恶，饥餐乐饮安稳眠。死生无可无不可，达哉达哉白乐天。”（《达哉乐天行》）司空图也主张自得其乐：“休、休、休，莫、莫、莫，一局棋，一炉药，天意时情可料度。白日偏催快活人，黄金难买堪骑鹤。若曰：尔何能？答言耐辱莫。”（《休休亭记》）由此看来，他们所谓的“旷达”或多或少都沾染了一些及时行乐的成分。不过，这种疏放自适的人生态度，虽然有逃避现实、回避矛盾的因素，毕竟与颓废、混世不同，不能一概视为虚无主义者。

文人的作品中，也有两种“旷达”，一种是面对困境始终保持乐观、超然的人生态度，“不以物喜，不以己悲”，不因环境的恶劣而妥协绝望，如苏轼《定风波》：“莫听穿林打叶声，何妨吟啸且徐行。竹杖芒鞋轻胜马，谁怕？一蓑烟雨任平生。料峭春风吹酒醒，微冷，山头斜照却相迎。回首向来萧瑟处，归去，也无风雨也无晴。”面对坎坷，泰然自若。另一种是寻欢逐乐，得过且过，如卢挚《双调·蟾宫曲》（失题）：“想人生七十犹稀，百岁光阴，先过了三十。七十年间，十岁顽童，十载尫羸。五十年除分昼黑，刚分得一半儿白日。风雨相催，兔走乌飞。子细沉吟，都不如快活了便宜。”

司空图的诗酒风流——“如何尊酒，日往烟萝。花覆茅檐，疏雨相过。倒酒既尽，杖藜行歌”，不无及时行乐的倾向，但与消沉、颓废还是有着本质的区别，更重要的是，他所宣扬的依然是对生活中那些美好事物的留恋与热爱，因而更接近于陶渊明等人对精神愉悦的追求。

示例

拟挽歌辞三首

陶渊明

有生必有死，早终非命促。
昨暮同为人，今旦在鬼录。
魂气散何之，枯形寄空木。
娇儿索父啼，良友抚我哭。
得失不复知，是非安能觉！
千秋万岁后，谁知荣与辱？
但恨在世时，饮酒不得足。

在昔无酒饮，今但湛空觞。

春醪生浮蚁，何时更能尝！
肴案盈我前，亲旧哭我旁。
欲语口无音，欲视眼无光。
昔在高堂寝，今宿荒草乡；
一朝出门去，归来良未央。

荒草何茫茫，白杨亦萧萧。
严霜九月中，送我出远郊。
四面无人居，高坟正嶕峣。
马为仰天鸣，风为自萧条。
幽室一已闭，千年不复朝。
千年不复朝，贤达无奈何。
向来相送人，各自还其家。
亲戚或余悲，他人亦已歌。
死去何所道，托体同山阿。

这组诗是陶渊明临终前自拟的挽歌，表达了他的生死观。“首篇乍死而殓，次篇奠而出殡，三篇送而葬之，次第秩然”（邱嘉穗《东山草堂陶诗笺》），三首诗依次想象了他死后的情形，视角颇为奇特。更令人敬佩的，是他面对死亡的旷达态度。诗人开篇就强调说，人有生必定就有死，只是有早有晚而已。勘破这一点，就不会对夭亡耿耿于怀了。更何况人死之后，所谓的荣辱名利都随风散去，连亲朋好友的悲恸都无法感知。唯一遗憾的是，在世之日，饮酒不得尽兴。

魏晋南北朝时期，嗜酒成风，张翰曾经说过，

“使我有身后名，不如即时一杯酒”（《晋书·文苑传》）。许多贵游子弟便以旷达为名，沉湎于纵酒作乐之中，刘孝标注引王隐《晋书》有云：“贵游子弟阮瞻、王澄、谢鲲，胡毋辅之之徒，皆祖述于籍，谓得大道之本，故去巾帻，脱衣服，露丑恶，同禽兽。甚者名之为通，次者名之为达也。”陶渊明诗中多慨叹人生无常，也常以饮酒自我解脱，只是他终究追求精神上的超脱与愉悦，这与沉湎于享乐快感者有着本质的不同。孙联奎《诗品臆说》“旷达”条解题说：“胸中具有道理，眼底自无障碍，故云旷达，旷达原非颓放一流，颓放，坏风也，其风基于原壤夷俟，曾晰倚门，滥觞于庄子，横溢于两晋，科头箕踞，荷锸便埋，托于旷达，而非旷达之真矣。‘羡万物之得时，感吾生之行休’，旷达如陶公者可耳。”他认为陶渊明才是真正的旷达者。

明・王仲玉《陶渊明像》

倒酒既尽，杖藜行歌。孰不有古，南山峨峨。
如何尊酒，日往烟萝。花覆茅檐，疏雨相过。
生者百岁，相去几何。欢乐苦短，忧愁实多。

旷达

流　动

若纳水輨，如转丸珠。①
夫岂可道，假体如愚。②
荒荒坤轴，悠悠天枢。③
载要其端，载闻其符。④
超超神明，返返冥无。⑤
来往千载，是之谓乎。⑥

注释

① 輨（guǎn）：包裹在车毂上的金属套，截管状圆环形。水輨，这里指水车、水锥上的转轮。丸珠，圆珠。这两句说，如水车翻卷扬传，流水滔滔不绝；如圆珠旋转，自由纵横。

② 假体：假借的形体。这两句说，这“流动”的真谛是没有办法说出来的，那些用作比喻的物象并不是真流动。

③ 荒荒：漫无边际的样子。坤，八卦之一，指地。坤轴，地的轴心。杜甫《后苦寒行》：“天兵断斩青海戎，杀气南行动坤轴，不尔苦寒何太酷。”这两句说，天地流转，无始无终，亘古不息。

④ 载：语助词。要，寻求。《吕氏春秋·直谏》：“要利之人，犯危何益?”高诱注：“要，求也。”端，端倪，头绪。符，凭证，征兆。杨廷芝《诗品浅解》：“要其端，寻

其源也。闻其符，言欲识其相符而得其本根也。”这两句说，要探求他们的本原，要认识他们的运行规则。

⑤ 超超：超乎异常。《世说新语·言语》：“我与王安丰说延陵、子房，亦超超玄箸。”神明，人的精神和智慧。《荀子·劝学》：“积善成德，而神明自得，圣心备焉。”返返，返之又返，归结。孙联奎《诗品臆说》：“神明，流动之妙用；冥无，流动之根本。虽有最超之神明，仍一返之于冥无。”这两句说，万物事理的奇特玄妙，就是天地循环之道的运用。

⑥ 千载：千年。杨廷芝《诗品浅解》：“来往千载，则千变万化不拘于一，往古来今不滞于时，其是之谓乎？流动不易言哉。”这两句说，宇宙人事，来来往往，千载变化无休止，这就是流动的要义吧。

品读

作为最后一则，“流动”无疑肩负着总束全文的重任。在一一讨论了诗歌的各种艺术风格与艺术追求之后，作者得出了怎样的结论呢？“其在《易》曰：变动不拘，周流六虚。天地之化，逝者如斯。盖必具此境界，乃为神乎其技，而诗之能事毕矣。故终之以流动。”（杨振纲《诗品解》）天地之道，变动不息，从无片刻停顿；诗歌创作，也应推陈出新，不可陈陈相因，胶柱鼓瑟，板滞拘泥。创新，才是诗歌创作的根本宗旨。“上天下地曰宇，往古来今曰宙。知者乐水，逝者如斯，鱼跃鸢飞，可以见道，皆动机也。文而不动，何以为文？故风气推迁，生新不已。”（无名氏《皋兰课业诗品解》）任何一种艺术风格，都不可能永远长久不变，总是会在流行的过程中暴露出不少的弊端，需要及时地调整与改变。王国维在《人间词话》中曾对诗体转换有生动地描述：“四言敝而有《楚辞》，《楚辞》敝而有五言，五言敝而有七言，古诗敝而有律绝，律绝敝而有词。盖文体通行既久，染指遂多，自成习套。豪杰之士，亦难于其中自出新意，故遁而作他体，以自解脱。一切文体所以始盛终衰者，皆由于此。”诗歌风格的流行与变迁也是如此。从雄浑到冲淡，从纤秾到沉著，从高古到典雅等等，或许并不存在着一一对应的校正关系，但诗风总是在播迁流转，诗人们总是在追求着新的艺术风貌。

“流动”的意义，对于诗风而言，如时序代谢，永无停止；对于一部具体作品而言，则意味着气韵生动。“天地之化，往者过，来者续，无一息之或停；无他，流动故也。天地气运，一息不流动，则阴阳之患生；人身气血，一息不流动，则疾病之患生。苏子由曰：‘文者气之所形。’则知文章之有气脉，一如天地之有气运，人身之有气血，苟不流动，不将成为死物乎？《诗品》以“雄浑”居首，以“流动”终篇，其有窥于天地之道矣”（孙联奎《诗品臆说》）。生动的作品，必须要有流动不滞的气脉，正如人身需要气血，天地需要气运。人无气血，就会夭亡；文章诗词没有气脉，就会板滞。王夫之认为“无法无脉，不复成文字”“滑之脉者，如人身之有十二脉，发于趾端，达于颠顶，藏于肌肉之中，督任冲带，互相为宅，萦绕周回，微动而流转不穷，合为一人之生理。若一呼一诺，一挑一缴，前后相钩，拽之使合，是傀儡之丝，无生气而但凭牵纵，讵可谓之脉耶”（《夕堂永日绪论外编》）。血脉流动，则通体精神；气脉板结，文章自然索然无味。

对于创作手段而言，“流动”意味着不主故常，随机应变，随物赋形。文章构思布局如此，“诗有从题中写出，有从题外写入；有从虚处实写，实处虚写；有从此写彼，有从彼写此；有从题前摇曳而越来，题后迤逦而去，风云变幻，不一其态。”（薛雪《一瓢诗话》）文章的具体行文也是如此，“大略如行云流水，初无定质，但常行于所当行，常止于所不可不止，文理自然，姿态横生。”（苏轼《答谢民师推官书》）文章如行云，如流水，就是要求诗人在创作过程中不可拘泥，不可先存臆想，该长则长，该短则短。至于对具体物象的描绘，也需要周流无滞，灵动无常，如叶梦得《石林诗话》所言：“古今论诗多矣，吾独爱汤惠休称谢灵运为‘初日芙渠’，沈约称王筠为‘弹丸脱手’两语，最当人意。‘初日芙渠’，非人力所能为，而精彩华妙之意，自然见于造化之妙，灵运诸诗，可以当此者亦无几。‘弹丸脱手’，虽是输写便利，动无留碍，然其精圆快速，发之在手，筠亦未能尽也。然作诗审到此地，岂复更有余事。韩退之《赠张籍》云：‘君诗多态度，霭霭馅春空。’司空图记戴叔伦语云：‘诗人之词，如蓝田日暖，良玉生烟。’亦是形似之微妙者，但学者不能味其言耳。”

示例

登黄鹤楼

崔　颢

昔人已乘黄鹤去，此地空余黄鹤楼。
黄鹤一去不复返，白云千载空悠悠。
晴川历历汉阳树，芳草萋萋鹦鹉洲。
日暮乡关何处是，烟波江上使人愁。

在一些唐诗选本中，崔颢的这首诗往往被定为开篇或压卷之作。后人津津乐道的故事，则是李白登上黄鹤楼而欲赋诗，看见崔颢的这首诗就搁下笔来，怅然说道："眼前有景道不得，崔颢题诗在上头。"崔颢的这首诗，固然生动地写出了登临黄鹤楼时所见之景——白云缥缈，江水悠悠，芳草萋萋，落日溶溶——但真正使它名垂千古的，是化虚为实，把神话传说融入历史的变迁之中。诗人仿佛站在历史的长河之中审视这山水草木、亭台楼阁，不无世事茫茫之感、沧海桑田之慨，诗人神思飞越，寄情高远，诗歌自然具有咫尺万里之势，诗中的情感因此变得厚重，超越了单纯的登临咏物之作。

李白的上千首诗中，七律数量最少，成就相对最为薄弱。那么，为什么在传说中会把李白牵扯进来呢？一个重要的原因，在于崔颢这首诗的风格与李白的诗风颇为接近。虽然这首诗被誉为七律之祖，但在形式上它并不纯粹，可以说是"不古不律，亦古亦律”，前四句完全突破了律诗章法的束缚，用的都是古体诗的句法。而四句之中连续重复三次“黄鹤”，更是匪夷所思，不得不令人拍案称奇。诗人如同站在楼头，心有所感便起身提笔，不假思索，一挥而就。无拘无束，惟心所向，神行语外，浑然天成，正是李太白诗歌最典型的特征。

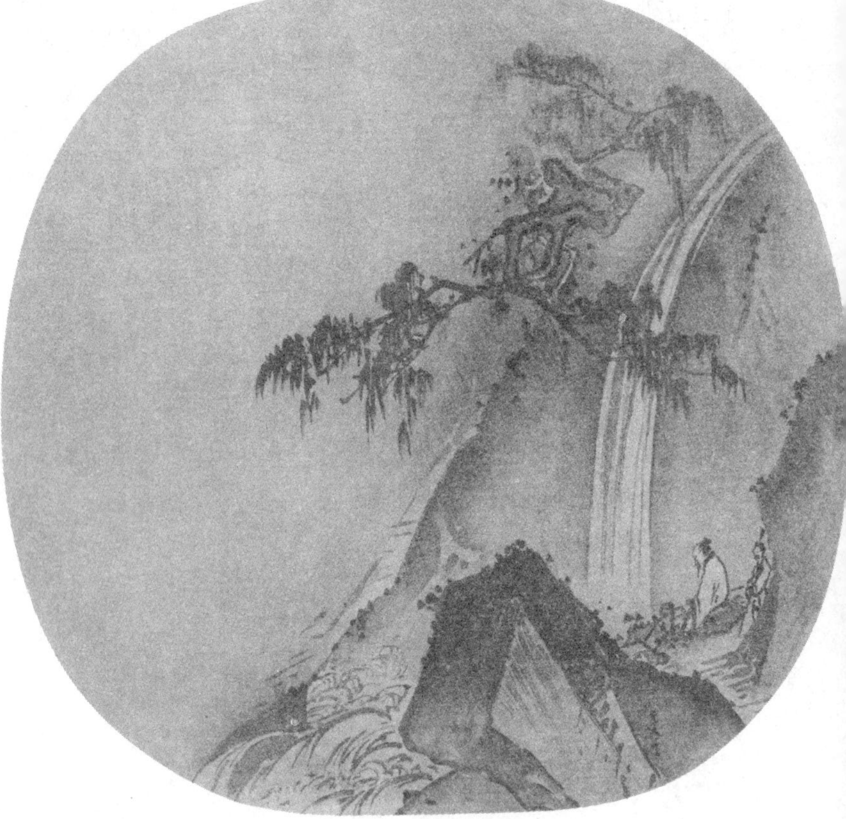

南宋·夏圭《松下观瀑》

超超神明，返返冥无。来往千载，是之谓乎。
荒荒坤轴，悠悠天枢。载要其端，载闻其符。
若纳水輨，如转丸珠。夫岂可道，假体如愚。

流动